Hjúki Hima

Tryggvason

Roman

Copyright © 2016 Hjúki Hima

Herstellung und Verlag:
BoD - Books on Demand, Norderstedt

ISBN: 978-3-7412-9864-6

Inhaltsverzeichnis

Prolog 5
   Die Rache 6

Erster Teil 9
   Der Überfall 10
   Das Glaubensbekenntnis 15
   Der Anfang vom Ende 21
   Die Hintergründe 26
   Das Verhängnis 31
   Das Thing 36
   Die Belohnung 40

Zweiter Teil 45
   Der Auftrag 46
   Der Raub 51
   Der Kauf 58
   Die Spur 63
   Die Überfahrt 69
   Der Verräter 77
   Über die Berge 82
   Die Ankunft 90
   Die Schlacht 95

Epilog 107
   Die Heimkehr 108

Anhang..113
  Die wichtigsten Orte und Figuren....................114
    Historische Orte..114
    Historische Figuren......................................115
    Erfundene Figuren..116

Prolog

Die Rache

So schnell er konnte, brach Sven durch das Unterholz. Sein Herz schlug, als wollte es ihm aus dem Brustkorb brechen, jeder Atemzug brannte. Die Bäume, die zu beiden Seiten an ihm vorbei glitten, nahm er lediglich schemenhaft war, seine Augen suchten nur nach einem geeigneten Weg; alles andere verschwamm zu einer unklaren Masse. Doch selbst wenn er es gewollt hätte, wäre es ihm unmöglich gewesen anzuhalten. Die Angst trieb ihn vorwärts, sie peitschte seine Beine. Flucht war sein einziger Gedanke, nicht Vorwürfe, nicht Bedauern, sondern bloße Angst. Er hatte das Gefühl, den Atem seiner Verfolger im Nacken spüren zu können, aber das tat er als reine Einbildung ab. Auch das Keuchen, welches immer lauter zu werden schien, war sein eigenes.

Schwer und rücksichtslos stießen die Füße der beiden Männer immer wieder zur Erde, einerseits rhythmisch, dennoch bedrohlich und unaufhaltsam. Die Beiden interessierte nicht, was auf dem Weg lag, solange es sie nicht daran hinderte, an ihrer Beute zu bleiben, dem fliehenden Jungen vor ihnen. Dieser war klein und wieselflink, ihre Geduld war aber keineswegs zu einer langen Verfolgung aufgelegt. Also hielt einer der Männer den anderen an einem Felsen zurück, zog geschickt einen Pfeil aus dem Köcher und spannte den Bogen. Ganz ruhig folgte sein geübtes Auge dem Ziel und seine Arme passten sich so instinktiv an, als würde er auf ein Reh anlegen. Dann ließ er den Pfeil davon schnellen.

Die Böschung stieg rasch an und Sven hatte Mühe, sich auf den Beinen zu halten. Plötzlich schlug in einen Baum direkt hinter ihm ein Pfeil ein. Der Klang des Einschlags hallte laut in seinem Ohr wieder. Gerade, als er über einen umgestürzten Baumstumpf sprang, glitt ein weiterer Pfeil haarscharf an seinem anderen Ohr vorbei. Vor Schreck fuhr er zusammen, Panik ergriff ihn. Seine Bewegungen wurden hektisch und unkontrolliert. Dennoch kämpfte er sich unerbittlich weiter den Hang hinauf. Jeder Fehltritt würde seinen Tod bedeuten, darüber war er sich völlig im Klaren. Das Dickicht wurde kurzzeitig verschlungener. Äste mit Nadeln schlugen ihm ins Gesicht, Dornen gruben sich in seine Arme und rissen blutige Furchen. Aber all das war egal, er spürte keinen Schmerz. Die Tränen, die ihm die Wangen hinunter rannen, waren Tränen der Verzweiflung, nicht des Schmerzes. Irgendwo in ihm gab es eine böse Stimme, welche ihm sagte, dass er es nicht schaffen würde, dass es ausweglos sei; er achtete gar nicht darauf.

Das Lechzen nach Vergeltung und die darüber wachsende Spannung stieg mit jedem Schritt, den sie näher an den Jungen herankamen. Mit Freude sahen sie ihn immer wieder straucheln. An die Leere danach wagte sicherlich keiner von Beiden zu denken, alles was sie vor sich sahen, war die Erfüllung, die Erlösung von all der Enttäuschung und des Zornes den er über sie gebracht hatte. Zweige wurden beiseite geschlagen oder mit einem Schwerthieb abgetrennt, kleine Pflanzen wurden zertreten. An starken Steigungen war der Junge ihnen unterlegen, er lebte noch nicht so lange in den Bergen wie sie. Es war nur noch eine Frage der Zeit, bis sie ihn eingeholt haben würden.

Mit einem Mal bröckelte die Erde unter Svens Fuß, sodass er wegrutschte und hinfiel. Sofort begannen seine Arme und Beine sich hektisch zu bewegen. Auf allen Vieren kroch er über den Boden, immer wieder abrutschend. Schließlich gelang es ihm, sich wieder aufzurichten und weiter zu rennen. Mühsam kämpfte er sich einen Vorsprung hoch und stemmte sich hinauf…

Die Wucht riss ihn zu Boden. Er verstand noch gar nicht, was geschehen war, als er den Hang hinunterrutschte. Für einen Moment vermochte er nicht zu sagen, wo er war und was vor sich ging. Nur dass er sich eine Böschung hinab bewegte, das glaubte er bestimmen zu können. Er rang nach Halt, fand aber keinen. Auf einmal zog sich ein kaltes Stechen durch seine Schulter. Irgendetwas schien sich immer wieder zu verhaken. Er schaute nach und da wurde es ihm bewusst: Ein Pfeil hatte seine Schulter durchschlagen! Urplötzlich hämmerte ihm der Schmerz bis in den Schädel hinauf. Und jetzt waren es tatsächlich seine Verfolger, die er heraufstampfen hören konnte. Ungewollt fing er an zu wimmern und robbte mit angewinkeltem Arm unbeholfen voran, griff in die Erde, die sich unter seine Fingernägel bohrte, und zog sich weiter. Eine schier unbeschreibliche Last legte sich auf seinen Fuß, zu schwer, um seinen schwachen Körper weiter fortzubewegen. Grobe Hände packten ihn, wälzten ihn herum. Und nun sah er sie. Über ihm stand Holger mit eiskaltem Blick und hinter ihm ein Unbekannter in edler Kleidung.

„Nein... bitte... nicht... ich...", stammelte er, brachte aber nicht mehr hervor. Langsam zog Holger sein Schwert, sein Blick haftete unentwegt auf dem Jungen. Er schien ihn zu durchbohren und auf dem Boden festzunageln.

„Verräter", fauchte er, holte aus und ohne eine Regung auch nur eines einzigen Gesichtsmuskels erschlug er seine jammernde Beute.

Erster Teil

Der Überfall

Vom leichten Wind angetrieben schoben sich ein paar schwache Wolken von der strahlenden Sonne verschreckt, über den sonst klaren Himmel. Bei jedem Windstoß kitzelte ihn das Gras im Ohr, wie ein Käfer, der sich Gehör verschaffen wollte. Es war ein wundervoller Tag, an dem sie sich von aller Arbeit frei gemacht hatten, um ihn in abgeschiedener Zweisamkeit zu genießen. Es störte sie kein bisschen, dass das Gras vom letzten, kürzlich verflogenen Sprühregen noch etwas feucht war. Im Gegenteil, es kühlte angenehm von der Hitze der Sonne. Der junge Ire schloss die Augen und atmete tief ein, um sich ganz in den umliegenden Gerüchen zu verlieren. Da war nasses Gras, feuchte Erde, der Geruch von sonnenstrapazierter Haut und… ihr unvergleichlicher Duft.

„Woran denkst du gerade?", fragte Ginevra, als sie sich zu ihm herum rollte und ihren Arm um ihn legte. Ihre blonden Haare wehten ihm ins Gesicht.

„Nur daran, wie wunderschön mein Leben ist… mit dir an meiner Seite", antwortete er und stieß ihr mit dem Zeigefinger sanft auf die Nase.

„Und bald auch mit unserem Kind!", lächelte sie verschmitzt. Mit einem Ruck richtete er sich auf und stütze sich auf den Ellenbogen.

„Unserem was? Bist du etwa…?"

„Ja, das bin ich. Ist das nicht wundervoll?"

„Aber ja, das ist wundervoll! Seit wann weißt du es?" Sein Ton wechselte von einem Jauchzen zu einer wissbegierigen Frage.

„Seit vorgestern bin ich mir sicher, ich wollte aber den

richtigen Moment abwarten, um es dir zu sagen."

„Das Kind ist ein Geschenk Gottes", schwärmte er weiter und gab ihr einen Kuss.

„Nein, Liebling, es ist von dir", grinste sie und da musste er lachen.

Arm in Arm kamen sie auf den Hof marschiert, wo wildes Treiben herrschte. Man lachte ihnen zu und tuschelte verschmitzt. Die ganze Sippe schien bereits Bescheid zu wissen.

„Bin ich denn der einzige, der noch nichts wusste?", fragte er Ginevra, worauf sie sich lachend an ihn schmiegte und so mit ihm eine Drehung mitten auf dem Hof machte.

„Komm, ich zeige dir wie ich mir alles vorstelle!", verkündete sie und zog ihn an der Hand in Richtung ihres Hauses. Dort angekommen, manövrierte sie ihn durch die Tür und drängte ihn auf einen Hocker am Tisch in der Mitte des Raumes. „Dort drüben", sie wies in eine Ecke neben dem Kamin, in der eine Truhe stand „wird das Kinderbettchen stehen, welches du bauen wirst."

„Ah!", machte er und zog die Augenbrauen hoch.

„Ja, damit wir es von unserem Bett leicht erreichen können."

„Und wo kommt dann die Truhe hin?", fragte er gespannt, wie weit sie wirklich geplant hatte.

„Die kommt dann… unter den Tisch!" Er beugte sich hinunter, um unter den Tisch zu sehen, auf welchem er saß. Anschließend sah er sie mit übertrieben ungläubigem Blick an.

„Und du bist dir sicher, dass die Truhe unter den Tisch passt?" Er musste schon fast schmunzeln.

„Natürlich musst du sie in den Tisch integrieren, sodass man, wenn man die Tischplatte anhebt, gleichzeitig auch die Truhe öffnet."

„Aber selbstverständlich, wie sollte ich es auch sonst machen?", grinste er. Da kam sie auf ihn zu gestürmt und hämmerte sanft auf ihn ein.

„Kann es sein, dass du mich nicht ernst nimmst, guter Mann?"

„Ich? Aber wie kommst du denn da drauf? Das würde mir doch nie einfallen!" Er musste lachen, während er versuchte dem Trommelwirbel auf seiner Brust gewaltlos Einhalt zu gebieten. Schließlich gelang es ihm, ihren Sturm zu brechen und sie an den Handgelenken zu packen. „Ganz ruhig, Schatz, wir finden schon eine Lösung!"

„Daran habe ich auch keinen Zweifel."

Plötzlich kamen Schreie von draußen herein gedrängt, gefolgt von lautem Rufen und metallischem Klirren. Lautes Pferdegetrappel überschwemmte die Umgebung. Erschrocken sah sie ihn an.

„Das müssen die Nordmänner sein!", rief er und ließ sie los. Sofort stand er unter Spannung. Hastig sah er sich im Raum um. Es gab auf die Schnelle nichts, was sich als sinnvolle Waffe verwenden ließe. Ratlos dreht er sich im Kreis. Das Einzige, was ihm einfiel, war die Tür zu versperren und zu hoffen, dass sie sich nicht die Mühe machen würden, hereinzubrechen.

„Schnell, die Truhe!", rief er, stürmte auf dieselbe zu, packte den Griff auf der einen Seite und wurde jäh in seinem Eifer unterbrochen, als die Tür mit einem Knall auflog. Seine Frau stand noch immer wie erstarrt am Tisch und starrte mit halb offenem Mund auf die klaffende Wunde in dem schützenden

Geflecht. Dort ergossen sich nach und nach immer mehr Gestalten in den Raum hinein. Sie sahen fürchterlich aus, mit ihren dunklen Helmen, die ihre Gesichter zur Hälfte verdeckten und wie dämonische Fratzen erscheinen ließen. Sie waren groß und unheimlich kräftig gebaut. Keiner von ihnen schien Notiz von ihm zu nehmen. Sie alle starrten nur auf seine Frau. Eine unbeschreibliche, stille Kälte erfüllte die Luft, die ihm das Gefühl verlieh, nicht mehr atmen zu können.

„Rührt sie nicht an!", presste er hervor. Einer der Eindringlinge sagte daraufhin ein paar abgehackte Worte, die er nicht verstehen konnte, und wies in seine Richtung, sah ihn jedoch keinen Augenblick an. Zwei Männer steckten ihre Schwerter ein und bewegten sich auf ihn zu. Drohend türmten sie sich vor ihm auf. Verzweifelt versuchte er durch sie durchzubrechen, doch sie packten ihn mit Händen, die man hätte abhacken müssen, um ihren Griff zu lösen, und rissen ihn zurück.

„Nein, Ginevra!", schrie er vor Verzweiflung. Aber seine Stimme wurde von dem Geschehen verschluckt. Ihn völlig unbeachtet lassend, umdrängten die anderen Nordmänner rangelnd seine Frau, die ihn bloß mit hilflosem Blick anstarrte und keinen Ton sagte. Die ganze Zeit über schrie und zappelte sie nicht, nicht einmal, als man sie auf den Tisch stieß und ihr die Kleider vom Leib riss. Völlig resigniert und in sich gefangen, ließ sie alles über sich ergehen. Er verstand es nicht. Entsetzt hing er in den Fängen seiner Feinde und musste zusehen, wie sein Leben vor seinen Augen zerfetzt wurde. Er schrie, bis es ihm so sehr zu schmerzen begann, dass er nicht einmal mehr zu krächzen vermochte. Tränen rannen ihm über das Gesicht und trübten seinen Blick. Seine Muskeln brannten und seine Lunge schien zerrissen. Da betrat ein nobel gekleideter Mann mit arrogant angewidertem Blick das Haus. Zu spät beendete er mit lauten Rufen das Geschehen. Eine Auseinandersetzung entbrannte, von der er kein Wort verstand.

Doch selbst wenn er die Sprache der Nordmänner verstanden hätte - er hätte nichts hören können. Sein Blick haftete auf dem regungslosen Körper seiner Frau, die geschunden auf dem Tisch lag. Es war vorbei. Alles war vorbei, alles was er Gutes im Leben gespürt und erlebt hatte, geplant und begehrt hatte, war ausgelöscht. Mit einem Ruck begannen sie ihn hinaus zu schleifen und er ließ es geschehen, unentwegt auf Ginevras zartes, zerschlagenes Gesicht und ihr noch immer golden schimmerndes Haar starrend, das in Strähnen auf Tisch, Schultern, Mund und Stirn verteilt lag. Dann wurde die Sicht von breiten Männerkörpern versperrt und Tageslicht drang von links und rechts in sein Sichtfeld ein. Von da an gab es nur noch ihn, den noblen Mann mit dem arroganten Blick. Nur ihn sah er an, den Mann, der seine Hunde von der Leine gelassen hatte, der Mann, dessen Hunde seine Frau und sein Kind getötet hatten.

Das Glaubensbekenntnis

„Sie stecken die Vorstadt in Brand", rief einer der Aldermänner, der die Zeit des ratlosen Schweigens über an der Tür gestanden und dem ungehemmten Treiben der Dänen vor den Toren LUNDENES zugesehen hatte. Schnell eilte der Bischof hinzu.

„Um Himmels Willen, sie haben sogar die Kirche entzündet. Herr, Ihr müsst etwas tun", flehte er und wandte sich der jämmerlichen Gestalt auf dem Thron zu. Der ratlose König saß in sich gesunken da und seine Augen schienen ins nirgendwo zu sehen. Nun hob Æthelred den Kopf, schaute den Bischof aber nicht an.

„Seit mehr als drei Jahren pressen sie uns nun schon alles Silber aus. Wir haben kaum mehr die Mittel, notwendige Staatskosten zu tilgen. Was soll ich ihnen noch in den Rachen werfen, um Ihre Wut zu besänftigen?", fragte er und es schien als erwartete er tatsächlich Vorschläge.

„Wenn Ihr mich fragt", begann der Hauptmann, dessen Hand immer wieder zum Schwertknauf gefahren war, „dann müssen wir sie provozieren. Nordmänner sind stolze, aber hitzige Männer. Wir müssen sie dazu bringen, die Stadtmauern zu attackieren. Dort zermürben wir sie und wagen dann den Ausfall, um ihnen den Rest zu geben!"

„Und ihr glaubt ernsthaft, dass sie dieses Mal darauf herein fallen werden?", warf ein Aldermann ein, der bisher still in der Ecke verharrt hatte. Sein Name war Reinhard. „Ihre Anführer sind König Sven Haraldsson persönlich und Olaf Tryggvason, dem wir das Danegeld überhaupt erst zu verdanken haben, weil er auf eben diese List nicht herein fiel. Wie Ihr Euch sicherlich noch gut erinnern könnt, hat viel mehr er uns in der Schlacht von MALDON hereingelegt."

„Was schlagt Ihr vor?", fragte nun der junge König.

„Allein sind die in LUNDENE stationierten Truppen zu schwach, wir müssen die Vorstädte aufgeben und ausharren, bis wir unbemerkt ihre Reihen mit Botschaftern durchbrechen können, die Hilfe von weiteren Aldermännern und Thanen beordern werden." Das wurde von der Gruppe an der Tür abgelehnt. Es sei zu riskant, die Reihen zu durchbrechen. Man würde am Ende nur ein paar gute Männer verlieren. Laut seufzte Æthelred auf und wischte sich das Gesicht mit flachen Händen, die er anschließend unter der Nase faltete.

„Wir können also nicht kämpfen, weder jetzt noch später. Uns bleibt folglich nur, uns irgendwie mit den Dänen zu einigen."

„Ihr denkt an noch mehr Gold und Silber, Herr?", fragte Reinhard. Æthelred antwortete nicht sondern atmete tief durch und schürzte die Lippen. „Das würde sie vielleicht für den Moment gut stellen, aber sie würden wieder kommen, in ihrem unstillbaren Hunger nach Silber", gab er dem König zu bedenken.

„Aber wir müssen dieser Wut Einhalt gebieten, auch wenn es nur kurzfristig ist", hielt der Bischof dagegen, der gerade beobachtete, wie die brennende Kirche der Vorstadt in sich zusammen viel. „Wenn wir nur einen Weg wüssten, sie auf Dauer fern zu halten." Da trat ein Priester hervor.

„Herr, ich bitte um Erlaubnis, einen Vorschlag zu unterbreiten", sagte er mit einer leichten Verbeugung.

„So sprecht, Pater Dietbald, wir können jeden Anhaltspunkt gebrauchen", antwortete der Bischof an Stelle des Königs.

„Gut, es gibt nämlich sehr wohl etwas, das zumindest der Wut der Wikinger Einhalt gebieten kann: das Wort Gottes!"

„Aussichtslos", schnaubte der Hauptmann.

„Ist es nicht", gab der Priester zurück.

„Erklärt Euch, Pater", bat Æthelred.

„Es ist nicht aussichtslos, wie die erfolgreiche Bekehrung Harald Gormsons beweist.

„Der Blauzahn?", fragte Reinhard.

„Eben der. Während seiner frommen Regierungsjahre im Reich der Dänen, hatten wir eine friedliche Zeit, wie mehr als Hundert Jahre lang nicht. Es muss uns gelingen, nun auch seinen Sohn Sven für das Christentum zu gewinnen, als Christ muss er mit dem Morden und Brandschatzen aufhören." Alle schauten den kleinwüchsigen Dietbald an. Das klang ebenso einleuchtend, wie aussichtslos.

„Ich hörte, er sei als Kind sogar getauft worden, trotzdem hält er an den heidnischen Göttern fest", bemerkte der Bischof.

„Warum sollte Sven sich für das Christentum entscheiden, wenn er doch gerade erst die Errungenschaften seines Vaters rückgängig gemacht hat?", warf ein Aldermann ein.

„Weil er machthungrig ist", sagte Reinhard mehr zu sich selbst und dann fügte er laut hinzu: „Ja, Sven selbst geht es weniger um das Silber, als um Macht. Wir müssen ihm klar machen, wie das Christentum seine Macht stärkt. Mit dem Wort Gottes als Stütze seiner Herrschaftsstrukturen hätte er enorme Vorteile für seine Stellung im Dänenreich."

„Gottes Wort ist kein Mittel zum Zweck", donnerte der Bischof, „es ist das natürliche Gesetz, welches für das Wohl der Menschheit steht. Ich dulde keine solche Blasphemie!" Aber seine Worte stießen auf taube Ohren, denn alle brüteten bereits darüber, wie man Sven überzeugen könnte. Am Ende kam man allerdings zu keinem Ergebnis. Fest stand jedoch, dass verhandelt werden musste. Für den glimpflichen Ausgang pries der Bischof Gottvertrauen.

Am Nachmittag erfuhr das Plündern in der Vorstadt eine Unterbrechung, denn es war eine Audienz vereinbart worden. Die Flügel eines der Stadttore gingen auf und König Æthelred persönlich kam heraus geritten. Ihn begleiteten der Bischof, zahlreiche Priester und einige Gefolgsmänner sowie ein paar Wachen. Die Wikinger erwarteten sie in ihrem Lager, wo sich die Jarle und bedeutende Krieger in einem Halbkreis versammelt hatten, in dessen Mitte Olaf Tryggvason und König Sven „Gabelbart" Haraldsson in prunkvoller Rüstung und edlen Waffen standen. Es war offenkundig, woher der König der Dänen seinen Beinamen hatte: Sein Antlitz schmückte ein mächtiger Bart, den er in der Mitte geteilt und zu Zöpfen gebunden hatte.

König Æthelred ließ sein Gefolge in einiger Entfernung der Versammlung absitzen und zu Fuß weiter ziehen, während ein paar Knechte die Pferde bewachten. Am Versammlungsplatz eingetroffen stellten sie sich so auf, dass der Kreis geschlossen wurde und der König, der Bischof und Reinhard innen mit den beiden Wikingerfürsten eingeschlossen waren. Zudem bestellten sich beide Lager einen eigenen Übersetzer zur Seite.

Auf Grund der gespannten Lage, verzichtete man auf den Großteil der Formalitäten und redete nicht lange um den heißen Brei. Æthelred versuchte zunächst Nachsehen bei den Dänen zu erwirken, schließlich habe man stets den Forderungen Folge geleistet und keinen Grund zu solchem Teufelswerk geliefert.

Natürlich war das ohne ernste Hoffnung und blieb erwartungsgemäß wirkungslos. Und so bat er um ein Angebot, mit dessen Erfüllung sich die Nordmänner zufrieden geben und abziehen würden. Genauso wortkarg, wie sie die ganze Zeit über gewesen waren, nannten sie eine Summe, die ein alter, gebrechlich wirkender Mönch dem angelsächsischen König als 22 000 Pfund Silber übersetzte. Reinhard musste husten, weil er sich an seiner angestauten Spucke verschluckte. Auch dem König verschlug es die Sprache. Nur dem Bischof entfuhr ein „Allmächtiger...". Als Æthelred seine Fassung wiedererlangt zu haben schien, beriet er sich mit seinen beiden Begleitern.

„Herr, auf diese dreiste Forderung dürft Ihr nicht eingehen, das ist Wahnsinn", drängte Reinhard.

„Der Herr wird uns beschützen, er wird nicht zulassen, dass die Heiden seine Schafe ausbluten lassen", behauptete der Bischof, aber auf der Miene des jungen Königs regte sich ein ungewöhnlicher Zug, sein Blick verlor seine Trägheit und wurde entschlossen.

„Wir werden bezahlen", sagte er.

„Aber Herr, so viel Silber habt Ihr nicht zur Verfügung", gab der Bischof zu bedenken.

„Doch habe ich", entgegnete Æthelred und beobachtete aus den Augenwinkeln, wie Olaf Tryggvason sich ihr Gespräch von seinem Übersetzer ins Ohr raunen ließ. „Ich bin der rechtmäßige König, durch mein Wort spricht der Wille Gottes. Schickt Priester zu allen Bewohnern der Stadt, mit der Aufforderung, dass sie unverzüglich zum Tribut beisteuern mögen. Und erzählt ihnen, was Ihr mir soeben gesagt habt, dass Gott uns beschützen wird, denn mein Urteil kann nicht fehlen." Der Bischof rührte sich nicht, sondern schaute nur verständnislos den König an. „Tut es! Lasst die Mönche verbreiten, Gott habe zu mir persönlich gesprochen und mir versichert es werde sich alles zum Guten wenden." Der Bischof beugte sich dem königlichen Befehl und machte sich auf, um ihn den Priestern aus dem Gefolge weiterzugeben.

Nun wandte sich Æthelred wieder an die Wikinger und versprach ihnen, die vereinbarte bis zum nächsten Neumond zu überbringen, bis dahin sollten die Waffen aber ruhen. Die Dänen waren einverstanden. Also zog er sein Gefolge ab und marschierte in Richtung der Pferde.

Der alte Mönch schlurfte so schnell er konnte hinterher, blieb aber mehr und mehr zurück. Plötzlich packte ihn eine kräftige Hand an der Schulter. Er blieb stehen und drehte sich um. Vor ihm stand Olaf Tryggvason, der ihn weit überragte und die Sonne verdeckte.

„Sag mir alter Mann, wie kommt es, dass die Menschen glauben, der König verkünde die Worte ihres Gottes? Erzähl mir mehr von diesem Gott!" Und es schien als zeichnete sich um die Mundwinkel des alten Mannes ein verschmitztes Lächeln ab. Der ehrgeizige Wikingerfürst war auf die nützliche Hierarchie des Christentums aufmerksam geworden.

Der Anfang vom Ende

Schnaufend und schwitzend kam das gehetzte Tier zum stehen. Sein Reiter hatte es offenbar zur äußerster Eile angetrieben. Nun sprang er vom Pferd und lief suchend über den Hof der guten Thora.

„Herr! Herr, wo seid Ihr?" Rufend eilte er zum Haupthaus und öffnete die Tür. „Herr, seid Ihr hier?" Doch das Gebäude war menschenleer. Hakon Sigurdarson hatte seine Familie bereits in Sicherheit bringen lassen und auch die meisten anderen aus seiner Sippe hatten sich außer Gefahr gebracht. Daher wäre er überrascht gewesen, viele Leute an diesem Hof anzutreffen. Aber sein Herr Hakon sollte ihn eigentlich erwarten.

„Hier bin ich Tormod, was ist los?" Der Ankömmling wirbelte herum und sah seinen Herrn in der ganzen Erscheinung eines Kriegers auf dem Hof stehen. Der Jarl Hakon war ein kräftiger, hochgewachsener Mann, der trotz seines Alters noch furchteinflößend aussah - obwohl er stark an Körperfülle zugenommen hatte.

„Herr, das Volk wütet, es will euren Tod", erklärte sich Tormod.

„Ja, das weiß ich, deswegen habe ich ja auch schon alle in Sicherheit bringen lassen. Thora ist fort um Stroh zu holen."

„Aber nun ist es auf dem Weg hierher und Olaf Tryggvason ist bei ihnen." Nun wurde Hakon doch sichtlich unruhig.

„Tryggvason?"

„Ja, Herr, und sie haben ihn soeben zum König ausgerufen", bestätigte Tormod.

„Zum König?! Aber Tryggvason ist doch Christ! Seit wann

dulden sie sich denn einen Christen als Anführer?" Diese Frage stellte er sich zu Recht in Anbetracht der Tatsache, dass sein Vater Sigurd große Schwierigkeiten gehabt hatte, immer wieder zwischen dem aufgebrachten Volk und dem damaligen christlichen König mit seinen tölpelhaften Missionierungsversuchen zu vermitteln, um das Herrschaftsverhältnis durch eine Eskalation nicht zu gefährden. Anstatt darauf zu antworten, fuchtelte Tormod aber nur mit den Armen herum.

„Es ist keine Zeit darüber nachzudenken, wir müssen uns verstecken, Herr! Sie werden schon bald hier sein." Der Tonfall des Knechtes wurde geradezu flehend und der Jarl nickte. Ruhigen Schrittes ging er zu dem erschöpften Pferd und gab ihm einen kräftigen Schlag auf die Hüfte, sodass es wiehernd davon stob.

„Aber Herr, wie sollen wir nun schnell genug fliehen können?" Stammelte Tormod. Da lächelte Hakon und kam wieder zu ihm zurück gelaufen.

„Ich habe mein Pferd ohnehin schon längst fort gejagt. Eine Flucht wäre sinnlos, mein Freund. Wir werden uns hier verstecken und warten bis sie vorüber gezogen sind und uns anschließend in die entgegengesetzte Richtung davon machen. Thora hat mir ein gutes Versteck gezeigt. Vertrau mir Tormod, so wie auch ich dir immer vertraut habe."

Das Versteck war eine Grube im Pferdestall, die vermutlich mal als Hort für Vorräte oder gar das Vermögen des Grundbesitzers angelegt worden war. Sie bot genug Platz für die beiden Flüchtlinge und ließ sich mit dem Stroh, welches Thora bald brachte, so zudecken, dass sie sich praktisch nicht vom Rest des Bodens abzeichnete. Hier kauerten sie sich nieder und warteten darauf, dass ihre Verfolger kämen und den Hof durchsuchten.

Wartend und hoffend, dass ihr Versteck sicher genug war, kam ihnen die Zeit schier endlos vor. Hakon begann sich zu fragen, ob sie nicht vielleicht doch genügend Zeit gehabt hätten, sich aus dem Staub zu machen, anstatt sich hier in den Dreck zu legen. Aber das wäre tollkühn gewesen und er wusste das.

Und dann kamen sie schließlich. Zunächst trug der Wind ihn nur zaghaft zum Hof hinauf und in den Stall hinein, den Lärm der tobenden Menge. Doch all die bösartigen Verwünschungen und triumphierenden Hymnen wurden immer fülliger. Und als das Stampfen hunderter Füße und das Schlagen von Pferdehufen hinzu trat, schlugen die Herzen der beiden Versteckten bereits bis zum Hals. Würde es funktionieren? Es musste einfach funktionieren.

„Herr, ich... ich habe Angst", gab Tormod zu und biss sich auf die Unterlippe. Zunächst sagte Hakon nichts, auch ihn hatte die Angst gepackt. Doch dann schien er sich eines besseren zu besinnen und sagte:

„Ganz ruhig, wenn wir uns still verhalten wird alles gut gehen." Aber im Stillen war er sich dessen selbst nicht sicher. Mit einem mal nahm der Lärm der Verfolger sprunghaft zu und unzählige Menschen strömten auf den Hof. Überall wirbelten Schritte, wurden Kommandos und Entdeckungen gerufen. Krachend splitterte Holz wenn Türen eingeschlagen oder Möbelstücke umgerissen wurden. Dann war die Stimme Thoras zu vernehmen und sie spielte ihre Rolle gut. Man glaubte ihr, dass sie von nichts wisse, hielt es aber noch immer für möglich den Jarl auf dem Hof zu finden.

Plötzlich flog auch das Tor zum Stall auf. Stampfende schritte prasselten über sie hinweg und stoben mal hier hin und mal dorthin, während die Versteckten schweißgebadet die Luft anhielten.

„Nein hier ist auch nichts", meldete eine Stimme.

„Was? Aber sie müssen doch hier irgendwo sein."

„Hier jedenfalls nicht. Kommt jetzt wir suchen weiter!" Die Flut von Schritten zog sich wieder zurück und floss zum Tor hinaus. Von neuer Hoffnung beseelt fanden die Versteckten ihren Atem wieder, wussten aber, dass die Gefahr keineswegs gebannt war. Kurze Zeit später übertönte eine kräftige Stimme das Geschehen und rief die Meute auf dem Hof zusammen. Und der klang der Worte ließ keinen Zweifel daran, dass dies Olaf Tryggvason war, der da sprach. Gezielt sorgte er dafür, dass die Wut der Leute nicht durch Enttäuschung besänftigt wurde und Hakon und Tormod verstanden jedes Wort. Mit feierlichem Tonfall verkündete Tryggvason, dass er demjenigen, der ihm den Kopf Hakon Sigurdarsons zu Füßen legte, eine großzügige Belohnung erhalten würde. Ein erstauntes Raunen ging durch die Menge und gleich darauf entflammte eine angeregte Unterhaltung. Jeder wusste schon genau wie er Hakon Sigurdarson zur Strecke bringen würde und was er mit der Belohnung zu tun gedachte. Neben dem verzweifelten Gesuchten wurde nun auch Tormod wieder unruhig. Jedenfalls war dessen zunehmende Bewegung auf diese Weise deutbar.

Nach und nach verebbte das Treiben auf dem Hof, weil die Menschen in alle Himmelsrichtungen aufbrachen, um ihre Pläne in die Tat umzusetzen. Schließlich war es vollkommen still. Noch lange nach Eintreten dieser Stille wagten sie, sich zu rühren. Doch schließlich schien sicher, das sich niemand mehr in der Umgebung aufhielt und so krochen sie aus der Grube heraus und reckten ihre Glieder. Trotzdem hielten sie sich vorsichtshalber noch im Stall versteckt.

Die Meute war nicht geschlossen weiter gezogen, sondern hatte sich in alle Richtungen verteilt, um der eigenen Eingebung zu folgen. Denn nun, da es eine Belohnung gab, wollte sie jeder für sich allein haben. So war Hakons Plan von ihrer Flucht gescheitert.

Als die Nacht bald darauf hereinbrach kauerten sie sich unter eine löchrige Pferdedecke und schon bald zeigte sich, dass Hakon die Gegenwart seines Knechtes nicht mehr zu behagen schien.

„Einen Haufen Silber könntest du sicherlich gut gebrauchen, habe ich nicht Recht, Tormod?", fragte er.

„Herr?"

„Du brauchst gar nicht so scheinheilig zu tun, alter Freund. Ich bin sicher du hast schon mit dem Gedanken gespielt mich einfach auszuliefern."

„Nein, Herr, bestimmt nicht. Ich war all die Jahre Euer treuer Diener und Ihr habt mich stets gut behandelt", beteuerte Tormod sichtlich verschüchtert durch die Anschuldigung Hakons.

„Ja, das ist wahr", bestätigte der ehemalige Jarl gedankenversunken und mehr zu sich selbst, als zu seinem Leidensgenossen. Und bald fiel er in einen unruhigen Schlaf, in dem er sich wie ein kleines Kind an einer Holzpuppe an sein Schwert klammerte.

Irgendwann glitten dicke Wolken vor den prallen Mond und tauchten den Hof in vollkommene Dunkelheit, welche die schattenhafte Gestalt verschluckte, als sie sich mit gezücktem Messer über ihn beugte und die so unsichtbare Klinge niederfahren ließ.

Die Hintergründe

Ragnar schien an sich sehr zufrieden und das durfte man auch erwarten. Immerhin stand er am Ende eines Raubzuges und befand sich auf der Heimreise mit drei voll beladenen Schiffen und kaum reduzierter Mannschaft, die nun gut gelaunt am Strand lagerte und sich der Vorzüge der Beute erfreute. Neben vieler Reichtümer hatten sie nämlich auch guten Wein, Bier und vor allem Weiber erbeutet, die nun die Runde machten.

Er selbst aber stand auf dem Steg, den Blick in die Ferne gerichtet und sein Haar wehte im strengen Wind. Es war nicht so, dass er sich nichts aus Bier oder Frauen machte, vielmehr war er für seine Vielweiberei bekannt, doch noch fühlte er sich nicht sicher. Die Beute war noch nicht nach Hause geschafft und das Wasser schien einfach nicht abfließen zu wollen.

Es war Holgers Idee gewesen in die Bucht von SKIRINGSSAL zu fahren, dort wo einst KAUPANG gelegen war, der bedeutendste Handelsplatz Norwegens. Mittlerweile jedoch war diese Gegend bis auf einige Fischer vollkommen verlassen. Der Grund der Bucht war mehr und mehr angestiegen, sodass sie irgendwann nicht mehr geeignet war, all die Schiffe und Boote zu fassen, die hier täglich ein und aus gegangen waren. Dadurch wurde die Stadt nutzlos und auch die Anwohner verschwanden rasch.

Inzwischen war die Bucht so sehr versandet, dass die Zufahrt bei Niedrigwasser unbefahrbar wurde und genau darauf hatten sie gesetzt. Die Gezeiten würden sie vor einem nächtlichen Überfall schützen. Doch bisher taten sie nicht ihre erhoffte Wirkung.

„Na, die Ebbe wird sich doch wohl nicht verspäten?" Es war Holger der neben ihn getreten war. In einer Hand hielt er ein

Trinkhorn, das zur Hälfte ausgetrunken war. Er hielt es ihm hin. „Trink doch", sagte er „Das wird dich etwas entspannen." Ohne ihn anzuschauen ergriff Ragnar das Gefäß, trank aber nicht sofort.

„Es ist nur so ein Gefühl", sagte er schließlich „Aber mich dünkt, wir werden diese Nacht nicht ohne Aufregung verbringen." Er sollte Recht behalten.

Einige Zeit, nachdem der Jarl sich schließlich doch zu seinen Kriegern gesellt hatte, kam einer der Wächter, die er aufgestellt hatte, herbei gelaufen.

„Masten, an der Einfahrt sind Masten aufgetaucht!" Ragnar sprang auf und lief gefolgt von Holger zum Wasser und auf den Steg hinaus, bis er hinter den Schiffen auf das Wasser hinaus blicken konnte. Da waren sie: Sechs, nein, sieben Masten und ihre Rümpfe zeichneten sich im Zwielicht der Dämmerung ab. Holger sah sich den Wasserstand an.

„Donnerwetter, ihre Kiele müssen bereits über Grund schleifen, es muss ihnen verdammt wichtig sein die Nacht hier zu verbringen", stellte er fest.

„Sieben Schiffe, das sieht nicht einfach nur nach Seeräubern aus, das ist eine Kriegsschar!" Ragnar zögerte nicht lange, sondern trieb seine Männer an. Zum Glück waren sie noch nicht betrunken. Weiber, Fässer, Nahrung, alles musste in den Schiffen verstaut werden und man musste sich bewaffnen. Ihre einzige Chance bestand darin, die Ankömmlinge gar nicht erst an Land zu lassen, denn dort würden sie ihnen hoffnungslos unterlegen sein.

„Besetzt die Stege und ich will einen Schildwall dort drüben am Strand. Holger, sammle alle Bogenschützen um dich!" Ragnar war offenbar nicht bereit sein Glück kampflos aufzugeben. Eine Zeit lang wurde noch wild herum gerannt und laut gerufen, aber dann, einige Zeit bevor die Schiffe herangekommen waren, war alles bereit. Ragnar stand am Ende eines der Stege und erwartete sie mit eisernem Blick.

Man konnte die harten Schläge der vielen Riemen hören, während am Ufer alles vor Spannung still blieb. Die Umrisse der Menschen an Bord zeichneten sich gut ab, aber es war zu dunkel um genaueres zu erkennen. Schwarz und geisterhaft glitt die Flotte heran. Es waren große Schiffe, eines mit dreißig Ruderpaaren. Plötzlich waren Kommandos zu vernehmen, deren Wortlaut zwar nicht zu verstehen, ihre Bedeutung aber deutlich war. Denn die Männer an Bord hörten auf zu rudern. Wie Seeschlangen, die ganze Schiffe verschluckt hatten, glitten die Drachenschiffe heran – das Größte vorne weg. Und dann kamen sie so nahe, dass aus den schemenhaften Umrissen Konturen hervortraten. In Grautönen waren die Bemalungen der vielen Schilde zu erkennen. Und Krieger, viele schattenhafte, schwer bewaffnete Kämpfer. Die fürchterlichen Drachenköpfe der Schiffe bleckten ihre Mäuler. Waren es womöglich Gespensterschiffe, dass sie trotz ihrer Größe ungehindert in die flache Bucht einfahren konnten? Die tapferen Mannen am Ufer erschauerten. Ragnar lachte.

„Euer hässliches Wrack von einem Kahn ist alles was Ihr aufbringt, um uns in der Heimat willkommen zu heißen, Erik, Hakons Sohn?", brüllte er über das Wasser zum Führungsschiff hinüber. Kurz darauf schallte ein Lachen zu ihnen hinüber.

„Ihr könnt froh sein, dass wir euch nicht ohne Halt überrannt haben, Ragnar, Sohn der Torheit! Wolltet Ihr uns mit dem lächerlichen Haufen etwa entgegentreten? Alle Achtung!" Schlagartig wich die Spannung aus dem Schildwall, Bögen wurden gesengt und Worte der Erleichterung gesprochen.

Bald darauf waren viele weitere Feuer entfacht, Fässer geöffnet und große Gesprächskreise gebildet. In der Mitte lag das Feuer der Häuptlinge und Hauptmänner, an dem Ragnar und Erik nun beisammen saßen und sich berieten. Denn obwohl Ragnar nun nach Ausgelassenheit zumute war, stand Erik die Sorge ins Gesicht geschrieben.

„Mein Freund", sagte Erik „Ihr habt damals bei HJÖRUNGAVÁGR an meiner Seite gegen die Jomswikinger gekämpft und dafür Land und Silber von mir erhalten." Ragnar lachte vergnügt.

„Ein gutes Geschäft will ich meinen!"

„Ja" Erik starrte in sein Trinkhorn. „Seid Ihr auch für ein noch gefährlicheres Unterfangen auf ähnliche Weise zu vergüten?" Erik schaute auf und dem Jarl in die Augen.

„Was ist es diesmal? Ist Sven Gabelbart persönlich auf Eroberungszug?" Erik sah den munteren Ragnar verwundert an.

„So habt Ihr es noch nicht gehört?"

„Woher denn, wir waren auf großer Fahrt. Was hat sich denn in meiner Abwesenheit ereignet?" Ragnar stürzte seinen Becher.

„Olaf Tryggvason ist gekommen." Schweigen, doch kein Schweigen des Entsetzens, sondern der Verwunderung.

„Das Krähenbein, der raubende Raufbold von den Rus? Na und?"

„Er ist nun König." Ragnar spuckte den Wein zurück in seinen Becher und starrte Erik ungläubig an. Der fuhr sachlich fort.

„Mein Vater wurde vom wütenden Volk ermordet, das Tryggvason kurzer Hand zum König ausgerufen hat. Und das obwohl er Christ ist. Schlimmer noch, er besteht darauf, dass alle Untertanen Christen werden. Wer sich weigert stirbt. Ich bin auf dem Weg nach SVEALAND, um mich vor den Aufständen in Sicherheit zu bringen. Aber ich will was mir zu steht, den Platz meines Vaters. Ich will Jarl von LADE werden oder auch König, wenn ich Tryggvasons Platz einnehmen kann."

„Und dabei wollt Ihr meine Hilfe." Ragnar war nun wieder ruhig und besonnen geworden. „Habt ihr einen Plan?"

„Nein, ich hatte auch nicht zu hoffen gewagt, Euch hier anzutreffen. Habt Ihr einen Vorschlag?" Ragnar schürzte die Lippen.

„Ich nehme an Ihr wollt Euch mit Olof Skötkonung gut stellen und Euch so auch wieder auf Gabelbarts Seite schlagen?", fragte er und Erik nickte zur Antwort.

„Auf meinen Bruder können wir auch zählen."

„Nun, das klingt nach einem sicheren Ausweg, doch, wenn Ihr unabhängig herrschen wollt, sollten wir es zunächst allein versuchen..."

Nun wurde viel beratschlagt, hin und her überlegt und abgewogen. Ragnars und Eriks engste Vertraute, Holger und Rolf, wurden hinzugezogen gezogen, um zu beraten. Und mit den verwegenen Ideen der beiden entstand nach und nach ein tollkühner Plan. Erik würde zunächst doch nach Svealand gehen und Truppen sammeln, während Rolf Ragnar nach Norden begleiten würde, um die Steine ins Rollen zu bringen. Es konnte klappen.

Das Verhängnis

Tormods Miene war anzusehen, dass ihm diese Hupfdole auf die Nerven ging, denn er verdrehte häufig die Augen oder atmete lang und hörbar aus. Er selbst war stiller Natur, doch seinen unerwünschten Wegbegleiter schienen Bienen im Hintern zu wohnen. Er ging nicht, er hüpfte. Er sprach nicht, er sang oder jauchzte. Er lächelte nicht, er grinste. Und er nannte sich Aeringi. Das sagte alles. Tormod hätte nicht preisgeben dürfen, wohin er unterwegs war, denn nun hatte er ihn am Hals. Hinterher war man ja immer schlauer. Zum Glück war es nicht mehr weit. Glück war alles im Leben.

„Wenn ich erst einmal zu seinem Hof gehöre, werden mir die Leute Beifall spenden und von weit her kommen, um meine Lieder und Sagen zu hören. Ich kann es kaum erwarten", schwärmte er, Tormod sagte nichts. „Sag mal", sprudelte er fort „Was trägst du da eigentlich in dem Sack mit dir herum? Der stinkt ja fürchterlich!"

„Nichts", sagte Tormod nur und meinte zweifellos 'Das geht dich nichts an!'. Aber es schien Aeringi ohnehin nicht ernsthaft zu interessieren, denn er fuhr schon wieder fort, von der Zukunft zu träumen.

„Ich habe auf den König auch schon ein paar Ruhmesverse gedichtet, willst du Mal was daraus hören? Nur den Anfang?" Tormod blieb gerade noch Zeit „Äh" zu machen, als der selbsternannte Skalde auch schon begann:

> Zu nennen brauch' ich ihn nicht
> Den Namen dieses Mannes
> Keiner hier, der ihn nicht kannte
> Von Krähenbein noch nicht gehört

> Er ist stark wie zehn Stiere
> Und zwei Speere er wirft
> Und ferner er fängt
> Einen feindlichen auf
> Zu wenden ihn und werfen
> Auf wehe dem auch immer zurück
> Auf rudernden Riemen
> Er regelrecht tanzte
> Mit Jesus und Jehova
> In jedermanns Bund
> Kennst du nicht Krähenbein
> Vom König noch nicht gehört?
> So trete her...

„Hier kommen wir nicht hinüber, denn hinüber ist die Brücke", unterbrach in Tormod und zeigte auf verrottete Pfähle und Reste von Brettern am Ufer des Flusses an den sie soeben herangekommen waren.

„Niemals, ihr Nornen, nehmet ihr mein Glück", brüstete sich Aeringi und blieb mit ratlosem Gesicht am Ufer stehen, dabei rieb er sich das Kinn. Hindurch waten oder gar schwimmen war keine gute Lösung. Es war noch früh im Jahr und zu kalt, um zu riskieren, dass die Kleidung nass wurde. Und Tormod hatte Angst um seinen Beutel, den er die ganze Zeit wie seinen Augapfel gehütet hatte. Er war sein Glück, seine Zukunft. Und nun war es Tormod der hämisch grinste.

„Nun ist wohl Schluss mit lustig, was?" Er verlangte nicht nach einer Antwort sondern triumphierte. Kurzerhand zückte er sein Beil aus dem Gürtel und streifte durch das Unterholz. An umgestürzten Bäumen blieb er musternd stehen, bis er sich schließlich über einen dünnen Birkenstamm her machte und die wenigen verblieben Äste mit dem Beil abschlug. Als er fertig war rief er Aeringi herbei, damit er mit anfasste. Sie probierten eine Weile herum, um die beste Art der Beförderung zu ergründen. Schließlich wickelten sie einen Riemen um ein Ende des Stammes, sodass jeder in eine Schlaufe greifen und sie beide nebeneinander her die Last ziehen konnten. Tormod war schwere Arbeit gewöhnt, Aeringi hingegen stöhnte und klagte unentwegt. Er kam aus gutem Hause, war aber ein Taugenichts, sogar unfähig, ein Schwert zu führen. Sein Vater hatte ihn schließlich davon gejagt und er sollte nicht eher zurück kommen, als er zu einem Mann geworden war – worauf er zu dichten anfing. Tormod hatte sich seine Lebensgeschichte bis ins kleinste Detail anhören müssen.

Sie mussten mehrere Pausen einlegen, während sie den Stamm am Fluss entlang zogen, weil der selbsternannte Skalde nicht mehr konnte.

„Wollen wir nicht lieber doch schwimmen? Ich schufte mich noch zu Tode. Außerdem schneidet mir der Riemen in die Hände", sagte Aeringi. Tormod schnaubte.

„Ich trage das Ding doch fast alleine, wie kannst du da erschöpft sein?" Er bekam zur Antwort nur eine beleidigte Miene, erreichte aber, dass sie weiter ziehen konnten.

Schließlich gelangten sie aber an eine Stelle, wo der Fluss schmal genug war, dass sie den Stamm hinüber legen konnten. Damit der Strom ihn nicht mitriss, mussten sie ihn über das Wasser fallen lassen. Dazu hob Tormod dicht am Ufer mit seinem Beil eine Mulde aus, an welche sie den Stamm heranzogen. Anschließend wickelte er den Riemen ab und befestigte ihn nur mit einer Schlaufe, sodass er frei zur Verfügung stand. Tormod war den Riemen über einen dicken Ast über der Grube und rief Aeringi herbei, um ihn beim Hochziehen zu unterstützen. Schon beim ersten Ruck rutschte der Stamm in die Mulde und bekam so den nötigen Widerstand um aufgerichtet zu werden. Von dem nötigen Kraftaufwand abgesehen, war der Rest ein Kinderspiel. Sie stießen den auferstandenen Baum nach hinten wieder um. Krachend brach er durch das Geäst, um sich schließlich in den gegenüberliegenden Uferboden zu graben. Die provisorische Brücke war erbaut.

Sofort tänzelte Aeringi leichtfüßig über den runden Stamm, ohne dabei aus dem Gleichgewicht zu kommen. Tormod hockte während dessen am Ende und klemmte ihn zwischen die Beine, damit der Stamm nicht zu rollen begann. Am anderen Ufer angekommen ließ sich der Skalde auf seinem Ende nieder.

Nun war Tormod an der Reihe. Er war weniger geschickt auf den Füßen und schob sich mühsam voran. Ganz vorsichtig setzte er einen Fuß vor den anderen, um nicht an einem hervorstehenden Astloch hängen zu bleiben und zu stürzen. Doch er schaffte es zur anderen Seite. Kurz bevor er ans Ufer springen konnte brach das Erdreich unter dem hinteren Ende des Stammes weg. Tormod taumelte weit nach hinten und drohte abzustürzen. Da sprang Aeringi auf und griff ihn im Kragen, warf sich zurück und zog Tormod zu sich ans Ufer. Gemeinsam fielen sie zu Boden.

„Was ist denn das?" Der Skalde zeigte auf Tormods Schulter, an der seine Tunika eingerissen und eine Narbe zum Vorschein gekommen war. „*S*? Du bist ein Sklave?"

„Ich bin ein freier Mann", sagte Tormod entrüstet. „Die Zeit meiner Unfreiheit ist vorüber!" Aber Aeringi hörte nicht zu. Blitzschnell sprang er auf und schnappte sich den Sack, den Tormod im Sturz verloren hatte. Noch bevor Tormod ihn erreicht hatte, um ihm den Beutel wieder zu entreißen, hatte er ihn aufgeschnürt und hinein geschaut.

Schweigend standen sie sich gegenüber. Tormods Gesicht war zum Platzen gespannt und in seinen Augen loderte das Feuer von verzweifelter Wut. Aeringis Gesicht hingegen blieb ausdruckslos und sein Blick war glasig. Es war klar, dass er begriff. Schnell riss Tormod ihm den Beutel aus den Händen und schnürte ihn sorgfältig wieder zu. Dann stapfte er in Richtung des Pfades davon.

Das Thing

Sie waren alle gekommen. Jeder freie Mann im FYLKI sah sich zu einer Angelegenheit berufen, die ihn persönlich betraf. Wer einen weiten Weg gehabt hatte, würde hier übernachten und hatte sein Lager bereits aufgebaut. Nun traten sie alle zusammen und blickten erwartungsvoll auf den Redeführer, Jarl Ragnar. Er hatte stets zu allem und jeden so viel Gehaltvolles zu sagen gehabt, dass sie beschlossen hatten, ihm gleich die Leitung zu überlassen, welche er bereitwillig angenommen hatte. Und nun donnerte er auch schon los:

„Ich schlage vor, dass wir das wichtige Thema, welches uns alle betrifft, vorweg nehmen, damit wir den Kleinkram in Ruhe besprechen können. Einverstanden?" Bestätigendes Nicken und bejahende Worte in der Runde. „Gut. Rolf, dann tritt in den Kreis und schildere uns, was du erlebt hast." Ein hagerer Mann trat hervor, dessen Miene verbittert aussah, wie nach einer Hungersnot.

„Meine Freunde", begann er „ich bin gekommen, um euch zu warnen. Ihr kennt mich vielleicht nicht und ich komme auch nicht aus eurem FYLKI. Trotzdem dürfte es euch auch bald betreffen, also hört mich an!" Wieder ging ein Nicken durch die Runde ernst schauender Männer. „Ich komme von der Insel Sólskel vor der Küste des Trondelag. Vor kurzem traf König Olaf Tryggvason bei uns ein, mit einer Übermacht, der kein Verband von Sippen standhalten könnte. Er trieb uns alle zusammen und forderte unseren Jarl Harald auf, zum Christentum über zu treten oder zu sterben." Ein Raunen ging durch die versammelten Männer. „Als Harald sich weigerte, forderte Tryggvason ihn zum HOLMGANG heraus und Harald, der auch an unsere Interessen dachte, ging darauf ein. Der Kampf sollte jedoch nicht auf einer kleinen Insel, sondern auf einem Boot stattfinden." Erneut ertönte ein Raunen.

„Aber das ist gegen die Regeln!" rief einer.

„Ja, das ist richtig", fuhr Rolf fort „Aber Harald sah keine andere Möglichkeit als die Bedingung anzunehmen. Denn Tryggvason hätte uns alle mit seinem Heer nieder machen und unsere Frauen und Kinder als Sklaven verkaufen können.

Sie kämpften mit dem Schwert, welches er gut zu führen wusste. Und so sah es zunächst nach einem ausgeglichenen Kampf aus: Immer wenn einer angriff, konnte der andere sicher parieren. Jedoch stellte sich bald heraus, dass unser Jarl Harald in Gleichgewicht und Geschicklichkeit unterlegen war. Tryggvason sprang auf dem Schiff herum und tänzelte auf der Reling, als hätte er nie etwas anderes gemacht. So konnte er Harald ins Straucheln bringen und immer wieder hinter ihn gelangen, sodass er sich schnell umdrehen musste. Und plötzlich schlug er Harald mit einem einzigen Hieb den Kopf ab." Erstaunen und Entsetzen machten sich breit.

„Und jetzt seid ihr Christen?", wollte einer wissen.

„So ist es, wir hatten keine andere Wahl. Noch am selben Tag mussten sich alle taufen lassen." Nicht alle wussten, was das hieß, wussten aber, dass es etwas mit einer Verpflichtung gegenüber dem Gott der Christen zu tun haben muss.

„Das ist ja genau wie bei Sigurd von Orkney, nur dass Tryggvason da gleich auch noch den Sohn mitgenommen hat, damit er seinen Willen durchgesetzt bekommt", bemerkte jemand.

„Wo ist Olaf Tryggvason jetzt?" fragte ein anderer besorgt.

„Nach und nach auf dem Weg hierher, mit der Absicht uns alle gewaltsam zu Christen zu machen!", meldete sich der Jarl Ragnar zu Wort, der die Geschichte offensichtlich schon kannte. „Er zieht durch die einzelnen Bezirke und wird früher oder später hier auftauchen. Und ich frage euch: Wollt ihr das? Wollt ihr euch euren Glauben gewaltsam aufzwingen lassen und die Götter somit verraten?" Nach dieser Frage entstand große Unruhe. Natürlich wollte sich niemand zu irgendetwas zwingen lassen, aber man hatte auch Ehrfurcht und teilweise sogar Angst vor Tryggvason. Sein Ruf und die Gerüchte um seine Fähigkeiten eilten ihm stets voraus und nahmen bereits jetzt fantastische Züge an. Es würde schwer werden, die Männer gegen ihn zu motivieren.

„Ruhe, seid ruhig!", brüllte Ragnar und nach und nach verebbte die laute Diskussion. „Wir bedanken uns zunächst einmal bei Rolf, dass er den weiten Weg gekommen ist, um uns zu warnen." Breite Zustimmung.

„Als er zu mir kam und diese Geschichte in aller Ausführlichkeit berichtete, war ich zunächst genauso entrüstet und besorgt wie ihr. Doch ich sage euch: Ein Mann, der ein Volk gewaltsam zum Gehorsam zwingt, kann kein rechtmäßiger König sein. Denn es ist Unrecht, ganz gleich ob es durch einen Bauern verübt wird oder durch einen Fürsten!" Nun wurden zustimmende Rufe laut.

„Das Problem ist nur, dass seiner Übermacht kein Kraut gewachsen ist, wir ihm also kaum Widerstand leisten können. Daher habe ich mir etwas ausgedacht, womit wir das Geschick vielleicht auf unsere Seite lenken können. Vor einiger Zeit berichtete mir ein Händler, der gerade aus Irland kam, dass Tryggvason, bevor er hierher nach Norwegen kam, um König zu werden, die Tochter des Königs von Irland, Olav Sigtryggsson, zur Frau genommen hat. Außerdem erzählte er, dass dieses liebliche Geschöpf noch immer bei ihrem Vater lebe, bis Tryggvason die schweren politischen Angelegenheiten in diesem Lande geregelt hätte. Wenn wir sie uns schnappen, es also genauso machen, wie Tryggvason es mit dem Sohn Sigurds getan hat, haben wir etwas gegen ihn in der Hand, was ihn zur Aufgabe zwingen könnte."

„Aber was, wenn er gerade dann angreift und auf das Leben seiner Frau pfeift?" „Ja, genau!?" Die Zweifel waren nicht zu übergehen.

„Wir werden nicht alleine sein, sondern stark genug, um Tryggvason entgegen zu treten. Armee aus Schweden ist bereits auf dem Weg hier her, um uns in der Sache beizustehen. Und wir werden ihm die schöne Christenbraut als Willkommensgeschenk opfern. Nur die Tapfersten werden in Ragnarök mit Odin untergehen. Mag Tryggvason ruhig kommen, wir werden uns nicht ergeben, was sagt ihr?" Erhitzt und erwartungsvoll blickte unser Jarl in die Runde und damit in unschlüssige Gesichter. „Was sagt ihr?" Besonders überzeugend schien er nicht gewesen zu sein. Der alte Glauben schien auch hier schon an Kraft zu verlieren. Als schließlich seine direkten Untergebenen zustimmten, schlossen sich auch noch ein paar andere an, je weiter nördlich und damit dichter an Tryggvason sie jedoch wohnten, desto weniger Begeisterung fand man bei ihnen. Die meisten lehnten ab. Angst war ein wirkungsvoller Verbündeter für den Unterdrücker. „Wie ihr wollt. Ich werde meinen Plan umsetzen. Zur Not alleine, wenn es sein muss. Jeder, der sich mir anschließen will, ist herzlich willkommen. Der Rest sollte sich mal überlegen, was ein Leben in Unterdrückung eigentlich wert ist!"

Die Belohnung

Im Herrscherpalas von LADE wurde ein Fest zu Ehren des neuen Königs abgehalten. Das große Langhaus, welches eine gewaltige Menge trinkender Männer sowie Verpflegung und Vergnügen bringender Frauen fassen konnte, war bis in den letzten Winkel ausgenutzt. Und es war alles an Köstlichkeiten aufgetischt, was auf die Schnelle herbeigeschafft werden konnte. Bier, Met in rauen Mengen und saftiges Fleisch statt des üblichen Fisches.

Am Kopfende gegen über des Einganges lag Tryggvason, mehr als dass er saß, in bequemer Haltung auf seinem hölzernen Thron und versuchte den Mann, der gerade vor ihn trat, nicht zu angewidert anzusehen. Dieser sank in seiner verdreckten und löchrigen Kleidung vor ihm auf die Knie und hielt einen Beutel in die Luft, der so übel roch, dass einem die Tränen kamen.

„Herr, ich bringe Euch den Kopf Hakon Sigurdarsons, so wie Ihr es wünschtet", sagte er voller Stolz. Der König verlangte den Kopf des Jarls zu sehen, den der lumpige Mann vor ihm behauptete getötet zu haben. Hastig knotete der Mann den Beutel auf und fasste hinein, dann riss er die Hand wieder heraus. Sie war in dem Schopf eines Kopfes verkrallt, der bereits vor sich hinweste. Der Mann blickte den König erwartungsvoll an. Da richtete Tryggvason sich auf. Dröhnend rief er:

„Befindet sich jemand unter uns, der Jarl Hakon in dieser Fratze wiederzuerkennen vermag?" Der lumpige Mann erhob sich und hielt den Kopf gut sichtbar in die Höhe. Allgemeinen Zustimmung erschallte in der Halle, dass es sich um Hakon handeln müsse. Obwohl einige zögerten und der Ansicht waren, dass sich dies nicht mehr mit vollkommener Sicherheit sagen ließe, da sich an dem Antlitz doch einiges verändert habe. Der Jarl habe nie zuvor so gut ausgesehen.

„Also werdet Ihr mich reich belohnen, Herr?", fragte der Mann und der König ließ sich zurück in den Thron fallen.

„Wie heißt du?", fragte er.

„Tormod Karg, Herr, und ich habe Hakon Sigurdson für Euch getötet."

„Nun denn Tormod, du sollst deine Belohnung bekommen, doch zunächst geselle dich zu meiner Festgesellschaft. Nimm von Speis und Trank so viel du magst und habe deinen Spaß."

„Jawohl, Herr, sehr gern!" Tormod verbeugte sich kehrte sich dann ab, um sich einen Platz zu suchen. Nun wandte sich der König dem zweiten Ankömmling zu. Er war erheblich teurer gekleidet und machte einen vornehmeren Eindruck, obwohl er ebenfalls verdreckt war. Tryggvason bat ihn zu sprechen.

„Nennt mich Aeringi, Herr, ich bin Skalde und wäre gern an Eurem Hof tätig", sprach er und verbeugte sich. Doch Tryggvasons Aufmerksamkeit schien bereits verflogen, etwas beschäftigte ihn.

„Ich habe schon einen ganzen Stall voll von Dichtern, ich denke nicht, dass ich für einen weiteren Verwendung habe", sagte er. Doch so schnell gab Aeringi nicht auf.

„Wollt Ihr denn nicht wenigstens eine Kostprobe hören, vielleicht seid ihr überrascht?", fragte er dreist. Tryggvason hob den Kopf und runzelte die Stirn.

„Du bist doch zusammen mit diesem Tormod angekommen, kennst du ihn? Was ist das für ein Mann?" Der Skalde drehte sich um und suchte die Menge ab. Er fand Tormod am anderen

Ende der Halle – zu weit weg um mitzuhören – in einen Bierkrug vertieft.

„Ein Sklave, Herr, ich habe ihn unterwegs kennengelernt. Ich vermute er hat seinen eigenen Herrn ausgeliefert." Tryggvasons Miene erstarrte.

„Ein Sklave?!" Zorn flammte in seinen Augen auf und für einen Lidschlag bebte seine Lippe. Mit einem unauffälligen Wink holte der König zwei Wachen heran, die sich in Hörweite befunden hatten. Ohne zu ihnen aufzusehen sagte er:

„Tötet ihn!"

Die beiden Wachen schoben sich durch die Reihen grölender Männer. Als sie sich zu dem Sklaven durchgearbeitet hatten, faste einer der beiden ihn hart an der Schulter und sprach ihn an. Tormod drehte sich um und schien eine Gegenfrage zu stellen, die er anscheinend aber nicht beantwortet bekam. Statt dessen griff ihn der Wächter etwas härter und nickte nach ein paar weiteren Worten mit dem Kopf in Richtung Tür. Tormods Augen weiteten sich. Er ließ den Bierkrug fallen und sprang auf. Vergeblich versuchte er sich zwischen den Wachen hindurch zu kämpfen. Schnell packten diese ihn bei den Armen und begannen ihn rückwärts hinauszuzerren. Der Sklave schrie und zerrte und lenkte so die Aufmerksamkeit der Versammlung auf sich, durch die ein Raunen ging. Plötzlich wurde es still und während die letzten Stimmen mit einiger Verzögerung starben, rief er zum König hinüber, so dass es ein jeder hören musste:

„Das könnt Ihr nicht tun, Herr, Ihr habt es versprochen, Ihr habt es versprochen! Ich bitte Euch, Herr, das könnt Ihr nicht tun!" Dann war er zur Tür hinaus und seine Stimme war bald nicht mehr zu hören. Hunderte verdutzter Augen waren nun auf den König gerichtet, der mittlerweile wieder aufrecht saß und sich in die Armlehnen krallte. Mit angestrengter Unberührtheit blickte er über die Menge hinweg, jedoch unfähig einer Erklärung, die man zweifellos von ihm erwartete.

„Aeringi", sagte er, „wenn du das hier auflösen kannst, mache ich dich zu meinem Hofskalden!" Der Skalde grinste breit, verneigte sich leicht und wandte sich dann an das Volk.

„Dieser Mann hat seinen Herrn, dem er zu Treue und Gehorsam verpflichtet war, der für ihn sorgte und in ihm einen Getreuen wähnte, verraten und kaltblütig ermordet", rief er und die Menge fluchte auf. „Ein ehrloseres, abscheulicheres Verbrechen wird es wohl kaum geben", fuhr er fort und erntete dafür die Zustimmung aller. „Der König hat dieser Sache soeben Gerechtigkeit zuteil werden lassen, in dem er ihn köpfen ließ. Auf dass dies ein Zeichen sei, dass kein Gesetzesverstoß in seinem Königreich geduldet werde, solange er mit Gottes Gnaden über euch wacht!" Tosender Jubel brach aus und das Fest entwickelte einen neuen Höhepunkt an Ausgelassenheit. Mit Stolzer Brust trat Aeringi wieder vor seinen Herrn und verbeugte sich so tief er nur konnte.

Zweiter Teil

Der Auftrag

„Holger", brummte Gustav, der einen Knochen abnagte, „das wird heute nichts mehr, lass uns Schluss machen!" Sie waren nun schon den ganzen Tag auf der Suche nach jemandem, der Ragnars Anforderungen entsprach. Er durfte nicht zu alt sein, dafür abgebrannt und er sollte unbekannt sein, unscheinbar wirken. Und das Wichtigste: Er musste Zeit für sie haben, viel Zeit. Doch immer, wenn sie tatsächlich wieder einen gefunden hatten, war er zu beschäftigt, in Eile oder hatte kein Interesse.

„Damit wir hier morgen noch einen Tag zubringen müssen? Bestimmt nicht, ich werde heute einen finden! Oder Odins Krähen sollen mich holen." Da Holger das Sagen hatte, war die Sache damit vom Tisch. Der schlechten Stimmung hatte es jedoch nicht gerade abgeholfen.

„Wir gehen noch einmal runter zum Hafen. Es ist schon spät, die meisten Händler dürften nun zu ihren Schiffen zurückkehren." Missmutig nickte Gustav und folgte noch immer den Knochen abnagend seinem Kameraden. Um diese Zeit war die Stadt bereits viel ruhiger, weil alle Leute, die noch am selben Tag einiges an Weg zurücklegen wollten, längst weg waren. Unten am Hafen herrschte in der Tat reges Treiben auf den zahlreichen Booten. Männer bauten sich Nachtlager, riefen quer über das Schiff und räumten Waren umher.

„Halt die Augen offen, ob du irgendwo ein unbeladenes Boot entdecken kannst, auf dem die Mannschaft wenig zu tun hat", wies Holger seinen Kumpanen an, während er selbst den Hals in alle Richtungen reckte. „Am besten schreiten wir die Stege nacheinander ab." Das taten sie, aber bei jedem Schiff wurden sie entweder beschimpft, weil man seine Ruhe haben wollte, oder traf auf einen Händler mit voller Ladung, der überhaupt nicht zur Verfügung stand. Erst als selbst Holger drauf und dran war, in Gustavs Klagen einzustimmen, hatten sie unerwartetes Glück.

„Guck mal da", stieß Gustav seinen Gefährten mit überraschtem Ton an. „Den kennen wir doch!"

„Na sieh mal einer an, wen haben wir denn da?! Wenn das mal nicht unser Entlaufener ist." Holger witterte eine Chance, die ihnen eine Menge Zeit ersparen konnte. Denn der Mann auf diesem kleinen KNORR kannte ihre Gefilde gut und war selbst völlig unbekannt. Zu ihrer vollen Größe aufgebaut und mit überheblichem Blick marschierten sie auf das Boot zu, dessen kleine Mannschaft gerade beratend zusammen saß. Angekommen stellten sie sich verschmitzt und noch immer unbemerkt auf. Gustav setzte zum Sprechen an, doch Holger winkte ihm sich zurück zu halten. Er wollte erst einmal hören, was es zu bereden gab.

„Der einzige vernünftige Auftrag, der genügend einbringen würde, wäre die Reise über die Flüsse in den Süden, ins schwarze Meer, der Sklaventransport. Aber der kostet viel Zeit Zeit."

„Da sind wir ja Monate unterwegs, für ein einziges Gehalt!"

„Aber ein gutes Gehalt!"

„Mit hohem Risiko, wir sind nur zu fünft!"

„Wir können gar nicht genügend Sklaven mitnehmen!" Holger hatte genug gehört.

„Na Waisenjunge, hast du denn nichts dazu zu sagen?", höhnte er lauthals auf das Deck. Die Mannschaft schaute sich geschlossen um. Der Angesprochene von ihnen, der sich bisher nicht an der Diskussion beteiligt hatte, erhob sich mit ernstem Blick. Er sah nicht glücklich aus, die Beiden zu sehen.

„Lässt du dir etwa von deiner Mannschaft das Ruder aus der Hand nehmen?", polterte Holger weiter.

„Nein, ich lasse sie lediglich über ihr Schicksal selbst bestimmen. Was wollt ihr? Ihr seid doch wohl nicht bloß hergekommen um zu lästern?" Mit diesen Worten schritt er, ohne den Hauch einer Einschüchterung erkennen zu lassen, auf die beiden zu.

„Das stimmt. Wir haben gerade einen Teil eurer Besprechung mitbekommen und daraus den Schluss gezogen, dass ihr knapp bei Kasse seid."

„Stimmt, und?"

„Nun, wir hätten da ein Angebot für dich!" Da sprang auch der Rest der kleinen Mannschaft auf und verteilte sich an der Bordwand um ihren Anführer. Dieser warf einen Blick in die anscheinend interessierte Runde, die mit großen Augen die beiden Fremden musterte.

„Nämlich?"

„Als Kurier. Allein. Dein Boot und deine Mannschaft kommen mit uns voraus. Wir behalten sie als Pfand für das Silber, das du bekommst, um die Ware einzukaufen. Der Sold würde natürlich für euch alle reichen. Und, was sagt ihr? Das wäre doch leicht verdientes Silber oder nicht?" Die Mannschaft fing an zu tuscheln, eine Entscheidung ihres Anführers abwartend.

„Moment", brachte dieser sie zum Schweigen. „Wenn ihr ein Pfand benötigt, das alles, was mir lieb und teuer ist, beinhaltet, muss es sich um eine Menge Silber handeln. Um was für eine Ware handelt es sich?" Holger winkte ihn herunter.

„Lass uns ein Stück gehen, das ist nicht für fremde Ohren bestimmt!", schlug er vor, und so sprang sein Geschäftspartner von Bord um ihn zu begleiten. Kaum dass sie ein paar Schritte gegangen waren, begann Holger mit gesenkter Stimme zu erklären:

„Ragnar hat da mal wieder etwas ausgeheckt. Er liegt mit zwei Schiffen in HUGLAESTATH und wartet auf deine Antwort. Er wird die Tochter von König Sigtryggsson entführen." Die Augen des Unterhändlers weiteten sich, doch er blieb ruhig. „Er will sie in seine Festung in Norwegen schaffen und du sollst das erledigen."

„Was? Die Tochter des Königs, was wollt ihr denn mit ihr? Und warum bringt Ragnar sie nicht direkt selbst nach oben?"

„Wie du vielleicht weißt, ist sie die Frau von Olaf Tryggvason und dieser wütet zurzeit in Norwegen umher. Ragnar braucht einen Schutz, verstehst du? Aber er hat Angst, dass er von den Dyflinern verfolgt werden könnte. Wenn sie nicht wissen, wo sie ist, können sie es nicht riskieren ihn aufzuhalten. Ragnar will sie um jeden Preis da oben haben. Du kennst dich aus, du kennst die Schleichwege. Also, was sagst du?" Holger sah sein Gegenüber nachdenklich den kurzen Bart streichen. Der Händler sah unentschlossen, fast widerwillig aus.

„Das ist ja ein heikles Unterfangen, ich muss das kurz mit meinen Leuten absprechen."

„Aber kein Wort über die Hintergründe des Auftrages, verstanden?"

„Ja, sicher."

Damit ging er an Bord zurück und setzte sich mit seiner Mannschaft zusammen. Als er erklärte, dass alles Risiko bei ihm läge, sahen sie bald nur noch das Silber und überhaupt kein Risiko mehr. Sie stimmten zu. Dann mussten sie ihm sogar noch über die eigenen Zweifel hinweghelfen. Als ihnen das gelungen schien, teilte er die neuen Ränge an Bord zu, die gelten sollten, bis er wieder komme. Als alles soweit geklärt war, kehrte er zu dem bereits ungeduldig wartenden Holger zurück, welcher ihm erklärte, dass er das Silber am Westtor der Stadt von einem Gefolgsmann Ragnars zugesteckt bekäme.

Außerdem würde dieser ihm erklären wie er die Ware würde identifizieren können. An welchen Händler Ragnar die Königstochter verkaufen würde, stünde noch nicht fest. Er würde ihn aber sicher finden, nachdem er in HAITHABU eingetroffen sei. Wenn es soweit war, würde Holger wiederkommen und mit seiner Mannschaft voraus segeln, von da an würde er auf sich allein gestellt sein. Doch bis dahin sollten sie erst einmal ausharren und sich ruhig verhalten.

Die Männer waren sich einig, also verabschiedeten sich Holger und Gustav knapp und verschwanden.

Der Raub

„Da kommen sie!", meldete der Ausguck von oben.

„Macht die Leinen los!", befahl Ragnar auf diese Meldung hin, Feuer brannte in seinen Augen. Wieder einmal hatte er sich einen teuflischen Plan ausgedacht, der ihm Ruhm und Reichtum versprach. „An die Ruder, aber schnell!", brüllte er voller Vorfreude, während seine Späher den Hügel hinab gelaufen kamen. Gerade als sich die beiden Boote in Bewegung setzten, sprangen diese zu ihnen hinein. „Und Ulf, ward ihr erfolgreich?"

„Oh ja, sie sollten jeden Moment den Hügel herunter gelaufen kommen", antwortete einer der Späher völlig außer Atem.

„Hervorragend, ich will nicht wissen, wie ihr zwei das wieder angestellt habt." Er lachte lauthals, dass das Holz des KNORRS erzitterte. Und während die beiden großen Handelsschiffe allmählich Fahrt aufnahmen, füllten sich die Hügel am Flussufer tatsächlich rasch mit Menschen. Sie brüllten und kreischten. Viele von ihnen waren bewaffnet, entweder mit landwirtschaftlichem Gerät oder mit richtigen Waffen, die sie durch die Luft schwangen. Die Nordmänner konnten nicht verstehen, was die Leute riefen, doch der rasende Zorn war deutlich spürbar. „Oh ha, die kochen ja richtig. Ulf, jetzt will ich es aber doch wissen!" Ulf grinste.

„Du kannst den Iren alles nehmen", antwortete er „doch nimm ihnen nicht ihre Kinder!" Da lachte Ragnar wieder.

„Großartig! So Männer, rudert jetzt durcheinander, als ob ihr die Hosen voll hättet und ihr zwei verstaut die schweren Waffen in den Kisten und Fässern! Wir wollen doch wie friedliche Händler aussehen." Nun machte der Fluss eine

Biegung, hinter der die Palisaden bereits zu sehen waren. „Da ist es ja und die Meute kommt uns noch immer hinterher gelaufen, ausgezeichnet. Männer, setzt euren verängstigten Blick auf, wir sind gleich in Sichtweite!" Das hätte er gar nicht zu sagen brauchen, denn allmählich machte sich eine allgemeine Angespanntheit breit, was keiner aussprach, aber durch die vielen nervösen Blicke längst klar war. Es waren nicht die Iren, die ihnen Sorgen bereiteten, sondern die Übermacht an Kriegern hinter den Mauern. Sollte Ragnars Plan nicht aufgehen, würden sie gegen diese absolut nichts ausrichten können. Als sie den Wachposten erkennen konnten, war sich dieser anscheinend auch gerade erst sicher über das geworden, was er da vor sich hatte. Er drehte sich nach innen um lauthals zu berichten.

„Thorbjörn, wo bist du? Zeig dich mal!", rief Ragnar in Richtung Heck und ein Riese von Mann stapfte nach vorne. Er war feiner, eleganter gekleidet als der Rest der Mannschaft. Ragnar war begeistert: „Toll, also wenn dich diese noblen Herren da drin nicht für einen reichen Händler halten, will ich meinen Gürtel ungekocht verspeisen." Er zupfte dem Großen an seinen Klamotten herum, obwohl dieser bereits ein sehr passendes Auftreten entwickelt hatte. Sie hatten die Stadt nun fast erreicht und waren schon in Rufweite. Einen Vorsprung vor ihren Verfolgern hatten sie auch, soweit schien alles zu funktionieren, jetzt würde der schwierigste Teil kommen. „Du weißt was du zu tun hast?", wurde der neugeborene Händler von seinem Jarl kontrolliert. Ragnar selbst fürchtete erkannt zu werden und hatte sich deshalb wie ein armer Bauer gekleidet.

„Ja, ganz und gar", antwortete Thorbjörn.

„Gut, du hältst dich genau an das, was ich dir gesagt habe, verstanden?" Thorbjörn nickte. Und dann fuhren sie auch schon in die Stadt ein. Mehr mit einem Gefühl des Eingeschlossen-Seins als mit dem Gefühl von Schutz sahen sie sich um. Ein Wachmann wies ihnen zwei Liegeplätze per Handzeichen zu, welche sie auch so gleich ansteuerten. Am Steg erwartete sie bereits eine kleine Gruppe von Soldaten, vor denen ein prunkvoll gekleideter, älterer Herr stand.

„Seid gegrüßt, Fremde, ich bin König Sigtryggsson, Herr über DYFLIN und die umliegenden Lande. Ich hoffe ihr seid heil bei uns angekommen!" Empfing dieser sie. Da trat Thorbjörn hervor, der sich größte Mühe gab, seine Rolle gut zu spielen.

„Mein Name ist Thorbjörn Halvdanenson. Wir wollten Handel treiben mit den Bewohnern Eures Landes. Doch die Iren scheinen dies nicht zu begrüßen, ich habe leider zwei meiner Männer verloren. Und nun suchen wir Schutz in Euren Mauern.", schwall er, dass sich die Balken bogen. Dabei hatte er, genau wie seine Kameraden, zu viel Furcht, um sich lustig zu finden.

„Ja", der König sank aus seiner überlegenen Haltung heraus, „wir haben in der letzten Zeit leider immer wieder mit Aufständen zu tun. Die Iren dulden keine Besetzer mehr in ihrem Land. Und da sowohl wir als auch die Sachsen hier sind, sind sie völlig außer sich. Es tut mir wirklich leid, dass Euer Aufenthalt hier so unglimpflich verlaufen ist. Wir rüsten gerade zum Kampf. Wenn wir diese Aufständischen zurückgedrängt haben, könnt ihr wieder weiter ziehen."

„Ich wäre euch sehr dankbar, wenn ihr das tun würdet.", erwiderte Thorbjörn. Und sogleich befahl der König einem seiner Begleiter, seine Truppen zusammenzuziehen und den herannahenden Iren entgegenzutreten. Dieser machte sich sofort ans Werk und nach einigem Rennen und Rufen hatte sich eine beeindruckende kleine Armee vor dem Stadttor versammelt, viel mehr Männer als nötig gewesen wären, weil sich die Iren nicht nur vertreiben lassen, sondern fürchten sollten. Dann rückten sie aus. Ragnar und seine Männer machten große Augen und wollten ihnen gar nicht recht trauen. Es hatte funktioniert, es hatte wirklich funktioniert! Noch halb ungläubig kletterten sie an Land. Um DYFLIN nach außen zu verteidigen, wurde es für innere Angriffe nahezu schutzlos, nur auf den Palisaden blieben einige Wachen zurück. Während der König Thorbjörn, der zwar noch immer für die Ansprechperson gehalten wurde, jedoch vor Erstaunen aus seiner Rolle zu fallen drohte, anbot, einige seiner Waren aufzukaufen, verteilte Ragnar einige seiner Leute unauffällig hinter seinen Begleitern. Der Rest der Meute öffnete wieder die Kisten und Fässer und begann flüsternd die Waffen auszuteilen. Als der König und seine Begleiter umringt waren, kam der König gerade zum Schluss:

„… daher würde ich mir mit Freuden ansehen, was Ihr mir anzubieten habt. Was sagt Ihr dazu?" Thorbjörn sah Ragnar, der seitlich hinter dem König stand, fragend an. Dieser nickte.

„Wie denn, müsst Ihr erst Eure Männer um Rat fragen?", wollte der König wissen, doch zur Antwort bekam er nur einen kräftigen Faustschlag an die Schläfe und sackte benommen zusammen. Sogleich wurden auch die anderen überrumpelt und zu Boden gedrängt. Und dann nahm das Unheil seinen Lauf: Ragnar stürmte mit seinen Männern die ganze Stadt. Wer ihnen bewaffnet entgegentrat, wurde kaltblütig in einer verdutzten Sekunde der letzten irdischen Erkenntnis erschlagen.

„Nehmt alles mit, was ihr an Wert finden könnt, wir werden einiges an Gold und Silber brauchen können. Steckt aber nichts in Brand, wir wollen unsere tapferen Freunde da draußen doch nicht zurück rufen!", schrie Ragnar, der nun wieder mit neu gewonnenem Mut das Kommando übernommen hatte, über den Lärm des Getümmels hinweg. Türen wurden brüllend eingetreten, Hütten wurden ausgeraubt. Männer und Frauen, die einigermaßen gesund und hübsch aussahen wurden gefangen genommen. Die verhältnismäßig kleine Meute war so gut abgesprochen, dass sie wie eine halbe Armee funktionierte. Wie geplant kümmerten sich ein paar Krieger um die Soldaten, die von den Palisaden herunter kamen und sich ein kurzes Gefecht mit den Eindringlingen lieferten. Irren Blicks spaltete Thorbjörn mit seiner mächtigen Klinge einem erschrockenen Soldaten den Kopf. Ulf entriss einem anderen die Lanze und schlug sie ihm um die Ohren, sodass er stolperte und rücklings zu Boden fiel. Mit einem flinken Schnitt seines Saxes öffnete Ulf ihm die Kehle. Zwei der Angreifer fielen in dem Gefecht, die Übrigen ersetzten die Wachen, damit kein Betrachter von außen Verdacht schöpfen konnte.

„Ulf, Thorbjörn, Holger, ihr kommt mit mir, jetzt holen wir uns das Prinzesschen!", rief Ragnar und stürmte in Richtung des großen Gebäudes, das ohne jede Frage der Palas war. Vor den Toren der hölzernen Halle erwarteten sie ein paar Wachen, doch der Wucht, mit welcher die Angreifer auf sie trafen und auf sie schlugen, drängte sie die Stufen hinauf und zermalmte sie mit dem Rücken zur Wand. Wie besessen schlug Ragnar weiter auf einen längst besiegten Gegner ein, wobei ihn die anderen nicht zu unterbrechen wagten. Stattdessen deckten sie ihm etwas ratlos den Rücken. Als Ragnar endlich mit seiner Arbeit fertig war, trat er mit wildem Blick und leicht blutverschmiert, zur Tür und stieß sie auf. Drinnen war es dunkel. Nur das Windauge im Dachgiebel und ein paar Fackeln an den Wänden spendeten fades Licht. Langsam betrat er die scheinbar leere Halle. Kaum, dass er in der Tür verschwunden war, drängten die anderen hinterher und schwärmten aus. Sie rissen Teppiche und Fälle von den Wänden und nahmen auch sonst alles an sich, was sie glaubten zu Gold machen oder selbst gebrauchen zu können. Nur Ragnar kümmerte sich nicht darum, mit starrem Blick marschierte er durch die Halle im matt weißen Lichtschein, der ihn von oben herab berieselte. Nahezu im Gleichtakt seiner schweren Schritte tropfte Blut von seiner Klinge, ähnlich einer Wasserwaage, an der man die Zeit ablaufen sehen konnte. Am Ende der Halle gab es eine Erhöhung um drei Stufen. Auf ihr stand, besonders vom Licht bestrahlt, der reich verzierte, hölzerne Thron des Königs. Hinter ihm im Dunkeln verborgen zitterten zwei Gestalten. Langsam stieg Ragnar die Stufen hinauf, stellte einen Fuß auf den Thron und knurrte: „Wenn dir dein Leben lieb ist, du Wurm, dann verzieh dich!"

„Nnnnnnnn... nein, niemals", stotterte der junge Soldat, „ich werde die Tochter des Königs beschützen.

„Hehe, wie niedlich", grinste Ragnar und schlenderte um den Thron herum, baute sich vor dem Soldaten auf und spuckte ihm ins Gesicht. Der Wächter schreckte zusammen, doch dann nahm er all seinen Mut zusammen und erhob sein Schwert um zu einem Schlag gegen den Eindringling auszuholen. Dieser lenkte den Schlag blitzschnell mit seinem Schild ab und rammte ihm seine Klinge in den Bauch. Er zuckte zusammen, spuckte einen Schwall Blut, rutschte langsam vom Schwert und blieb reglos liegen. Ein schrilles Kreischen durchschnitt die Halle, dass Ragnar das Gesicht verzog.

„Tu das nie wieder, verstanden?! Und jetzt komm mit, Abmarsch!"

„Nein, ich denke gar nicht daran", gab Gyda entschlossen zur Antwort, doch ein Schlag mit der flachen Hand ins Gesicht brach ihren Widerstand auf der Stelle.

„Komm jetzt", befahl Ragnar erneut „oder bist du es gewohnt, dass man dich trägt?"

Vier Männer verließen schwer tragend die Palasthalle, liefen hastig zu den Schiffen hinunter und gaben damit das Zeichen zur eiligen Abfahrt. Der Raubzug war gelungen. Nur der König war auf sonderbare Weise verschwunden.

„Verdammt," brüllte Ragnar, dem das zappelnde Mädchen gerade abgenommen wurde „warum hat keiner auf den Bastard aufgepasst?" Knurrend trat er gegen die Bordwand, doch sogleich gewann er seine Fassung wieder. Aufregen würde er sich später, wenn sie entkommen waren. „Thorbjörn, du nimmst die H‍RAFN und machst dich mit ein paar Männern und den Sklaven umgehend auf den Weg nach H‍AITHABU. Wir haben jetzt keine Zeit zu verlieren." Der Riese schaute missmutig über die Schätze, die eilig verstaut wurden und die ihm gerade zu entgehen drohten. „Keine Sorge ihr werdet euren Anteil bekommen, dafür habe ich bereits gesorgt. Aber jetzt macht, dass ihr hier wegkommt!"

Unter Schlägen und Beschimpfungen wurden die Frauen und Männer auf den kleineren Knorr mit dem Namen „H‍RAFN" getrieben und alles zur Abfahrt vorbereitet, denn des Königs Truppen waren sicherlich bereits auf dem Weg, D‍YFLIN von den Räubern zu befreien.

Der Kauf

Behutsamen Schrittes trat er durch das Stadttor. Er war noch nicht oft hier gewesen, und wenn, dann auch nur äußerst ungern. Jetzt hingegen schien er von hier gar nicht mehr fortzukommen. Er hasste diese Stadt; kaum ein Ort war ihm so zuwider wie HAITHABU. Es war eng, laut und unübersichtlich. Alles rannte durcheinander, ohne Rücksicht auf andere. Ein durchgängiges, gleichmäßiges Gehen war überhaupt nicht möglich. Links und rechts war die durch Holzbohlen befestigte Straße abwechselnd von kleinen Häusern aus Holz oder Geflecht mit bewachsenen Dächern und großen Misthaufen der anfallenden Abfälle und Unrat eingeschlossen. Der Gestank war einfach nur widerwärtig. Auf dem Land roch es oft auch nicht angenehm, aber man gewöhnte sich daran. Dies hingegen übertraf alles.

Dennoch musste er all dies wieder einmal auf sich nehmen. Er hatte einen Auftrag und brauchte das Silber. Gewillt sich nicht von seinem Weg abbringen zu lassen, kämpfte er sich zielsicher durch die Straßen. Kaum ein Ort in Mittel-, West- und besonders Nordeuropa war so gut dazu geeignet, Menschen aus so vielen Teilen der Welt versammelt zu sehen, sprechen zu hören und Geschäfte mit ihnen abzuwickeln, wie dieser. In HAITHABU lief alles zusammen und es gab wohl nichts, was man hier nicht kaufen konnte, solange man das nötige Silber mitbrachte. Er teilte die Menschen hier jedoch nicht in Herkunft oder Hautfarben ein, sondern lediglich in ihren Umgang mit vorübergehenden Menschen. Machten sie Platz oder rammten sie einem stur die Schulter vor die Brust, lächelten sie oder schauten zu Boden, grüßten oder murrten sie? Was diese Kategorien betraf, gefielen ihm die Händler aus dem Fernen Osten am besten. Sie waren angenehm und freundlich, wenn auch hin und wieder etwas zu aufdringlich.

Aber sie brachten stets arabische Silbermünzen mit.

Langsam konnte er wieder atmen, auch wenn es ihn noch immer sträubte. Er überquerte eine Kreuzung und bog anschließend nach rechts ab. Als er die Masten der vielen großartigen Schiffe im Hafen über den Dächern emporragen sah, war an seinem nächsten Zielpunkt angekommen, einem verhältnismäßig großen Platz, nahe dem Hafen. Hier versammelten sich hauptsächlich Sklavenhändler. Er ging schnurstracks auf einen großgewachsenen, ebenso stämmigen wie dicken Mann mit langem Haar und Vollbart zu. Er war gut gekleidet und die Brust schien vor Stolz zerplatzen zu wollen. Doch bevor er an ihn herantrat, blieb er kurz stehen und musterte dessen Ware. Es waren überwiegend Frauen und Kinder. Viele von ihnen sahen aus, als seien sie arme Bauern, die auf Raubzügen gefangen wurden. Sie sahen ausgehungert und abgezehrt aus. Konnte das der richtige Händler sein? Er schaute sich um. Auf dem Platz erblickte er noch einen südländischen Händler, der mit zwei Kaufmännern aus dem Orient verhandelte, einen nordischen Viehhändler und zwei weitere Sklavenhändler, in deren Angebot hauptsächlich Knechte und Kriegsgefangene standen. Grübelnd strich er sich durch den Bart.

„Na, was kann ich für dich tun, mein Sohn? Suchst du etwas Bestimmtes? Eine Küchenmagd vielleicht oder einen Stallburschen?" Der Hüne war auf ihn aufmerksam geworden und stapfte zu ihm herüber. Er musterte sein großes Gegenüber kurz, dann hob er die linke Hand und strich sich mit dem Zeigefinger hinter dem Ohr entlang.

„Ah natürlich, dafür müssen wir in mein Quartier. Sven, übernimm du mal kurz, ich habe zu tun!" Ein junger Bursche sprang auf diesen Zuruf hin auf und bezog Stellung vor der Gruppe angeketteter Menschen. Der Hüne setzte sich in

Bewegung und bahnte sich mühelos seinen Weg durch den Menschenstrom. Er folgte ihm entschlossenen Schrittes. Der Händler schien das Zeichen verstanden zu haben, also gab es im Grunde nichts zu befürchten. Der kurze Marsch führte zu einem an den Platz grenzenden Haus mit einem einzigen Nutzraum und einer Schlafkammer hinter der Rückwand. Wie die meisten Häuser hatte es keine Fenster, innen war es ziemlich dunkel. Nur ein kleines Feuer, welches in der Feuerstelle in der Mitte vor sich hin starb und dünnen Rauch durch das Auge in der Decke entließ, spendete der Dunkelheit ein wenig seines kostbaren Lichtes. Der Raum war überfüllt mit Kisten und Fässern, provisorischen Nachtlagern, einem wuchtigen, grob behauenen Tisch und einigen Hockern. Auf einem Nachtlager an der Wand zu seiner Rechten kauerte eine Gestalt.

„Wir konnten ja schwerlich darauf spekulieren, dass sie niemand kaufen würde - sie ist schon etwas Besonderes. Also haben wir sie hier verwahrt." Er nickte nur. Daraufhin stürzte der Hüne mit langen Schritten auf die Gestalt zu, riss sie mit den Worten „Na komm, hoch mit dir!" auf die Beine und zerrte sie ins Licht. Zum Vorschein kam eine sehr junge, hübsche Frau mit langem, tief schwarzem Haar. Gepflegt war sie, das war noch deutlich zu erkennen, obwohl sie bereits einiges durchgemacht haben musste und in den letzten Tagen weder viel Sauberkeit erfahren, noch gewohnt viel zu essen bekommen haben dürfte. Man hatte ihr die teuren Kleider noch nicht abgenommen, genau so wie der Auftrag gelautet hatte. Nur an ihrem Schmuck schien man sich schon vergriffen zu haben, zumindest trug sie keinen. Das war auch notwendig, da sie sonst viel zu auffällig und aufsehenerregend wäre. Ihr ebenmäßiges, zartes Gesicht erschien makellos und wurde allein durch die Mischung aus anmutigem Zorn und verzweifelter Furcht entstellt. Ja, dieses Mädchen war bei weitem kostbarer als die Ware, die der Hüne draußen feil bot.

„Ha, ist sie nicht ein hübsches Kind? So etwas bekommt man hier nicht alle Tage!", lüsterte der Riese. Mit seiner riesigen Hand ergriff dieser ihren Kiefer und drehte ihren Kopf zur Seite. Mit der anderen klappte er ihr Ohr nach vorn und rückte sie weiter ins Licht. Sie wehrte sich nicht dagegen, das hatte man ihr wohl schon ausgetrieben. Hinter ihrem Ohr war nun die längliche Kruste eines Schnittes zu sehen, der Markierung seiner Lieferung und das einzige Kennzeichen, über das er sie zu identifizieren vermochte. Dem Alter der Wunde nach wurde ihr diese Markierung nicht erst in HAITHABU zugefügt, sondern vermutlich direkt vor Ort, als man sie entführte. Wieder nickte er nur leicht. Da strahlte der Hüne und warf das Mädchen schwungvoll zu Boden, wo sie verschüchtert und zitternd liegen blieb.

„Ich hole die Stricke und Riemen, halt schon mal das Silber bereit!", röhrte er und stapfte in eine Ecke, wo an einem Pfosten Besagtes aufgehängt war. Er freute sich sichtlich über den Handel, was sich leicht an der Summe des Silbers, die er zu erwarten hatte, erklären ließ. Nach ein paar gezielten Handgriffen kehrte er wieder zurück und begann das Mädchen grob, aber gründlich an Händen und Füßen zu binden, sodass sie noch vernünftig gehen und man sie an einem Strick führen konnte. Damit fertig riss er sie erneut hoch und bot sie strahlend seinem Kunden an. Dieser warf ihm einen großen Beutel Hacksilber zu, der ziemlich prall gefüllt war. Der Hüne fing ihn mit einer Hand auf und stieß ihm das Mädchen entgegen. Gierig öffnete er den Beutel und prüfte den Inhalt nur flüchtig. Er strahlte.

„Du siehst vernünftig aus, ich vertraue darauf, dass alles da ist. Ha, da werden sich die Mannen aber freuen, dass sie für ihre Arbeit so gut belohnt werden!" Der Händler klopfte sich freudig mit der Faust auf die Brust. Damit war der Handel abgeschlossen. Noch einmal nickte er, doch diesmal etwas deutlicher, was sowohl Dank, als auch Abschied bedeuten sollte. Es was alles nur ein albernes Spiel, um unruhigen Männern die Füße still zu halten, aber es war nicht sein Spiel. Er entrollte einen äußerst schäbigen Umhang, legte ihn dem Mädchen um und ergriff den Strick. Anschließend führte er seinen Erwerb zur Tür hinaus. Nachdem der Händler das Silber sicher eingesteckt hatte, folgte er ihm scheinbar noch größer als zuvor.

Die Spur

Er ritt zum Tor herein und wurde sogleich von rings umher ehrfürchtig begrüßt. Einer seiner treuen Gefolgsmänner hatte ihn so eben am Stadttor angekündigt, daher wussten sie alle bescheid, was für hohen Besuch sie in der Stadt zu erwarten hatten. Barsch bahnten seine Begleiter ihm den Weg, sodass er ungehindert durch die engen Gassen preschen konnte. Sicherlich war er noch nicht in HAITHABU gewesen, gehört hatte er aber davon, von all seinem Trubel und Geschäften und erst dem Gestank! Das kümmerte ihn zur Zeit jedoch wenig. Er hatte nur eines im Sinn und brannte vor Zorn, was ihm auch jeder vom Gesicht und besonders von den wutentbrannten Augen ablesen konnte. Als sie an eine große Kreuzung kamen, entsendete er mit ein paar Handzeichen einige seiner Männer in alle Richtungen und stieg vom Pferd. Wie ein Krümel von einem Taubenschwarm, wurde er sogleich von einigen Händlern aus verschiedenen Teilen der Erde umringt, die ihm ihre Waren anbieten wollen. Ein so feiner Herr, wie er es war, hatte bestimmt eine Menge Silber locker sitzen.

„Schickt sie alle weg!" knurrte er seine Gefolgschaft an, die das unerwünschte Volk augenblicklich beiseite drängten. Die Fäuste in die Hüften gestemmt, schaute er sich um. Hier trieb sich auch wirklich alles herum, was sich erhoffte, eine Menge Silber machen zu können. Von reichen und feinen Männern aus nah und fern, bis hin zum dänischen und fränkischen Abschaum, den mehr die Kleidung als das eigene Fleisch aufrecht hielt. Und hier hin soll es seine Tochter verschlagen haben? Wenn er diese Wölfe in die Finger kriegen würde, würde man sie aber nicht mehr von einem gerupften Hühnchen unterscheiden können. Nur der Geschmack würde fader sein.

„Wenn Olaf, der stinkende Hund, sich nur etwas mehr

gekümmert hätte, müsste ich nun nicht in diesem Mist herum stapfen. Überhaupt, warum ist er jetzt nicht hier? Krister, ein Stück Dörrfleisch, ich brauche jetzt dringend etwas zum Zermalmen!" donnerte er. Ein Knabe hastete darauf hin zu einem Packpferd und zog ein Stück Fleisch aus einem Beutel, um es ihm zu reichen. Energisch packte er zu und riss sogleich ein Stück mit den Zähnen ab. Kurz darauf kam schon einer der entsendeten Reiter wieder zurück. Geschickt ließ er sich hinab gleiten und sein Pferd austraben. Krister fing es ein und band es zu den anderen.

„In diese Richtung ist die Stadt ziemlich bald zu Ende, Sklavenhändler treiben sich dort gar nicht herum.", lässt er mit entschuldigendem Blick verlauten.

„Hoffentlich haben die anderen mehr Glück!", bellte er deutlich härter als er es beabsichtigt hatte. Jeder, der ihn gut kannte, merkte jedoch, wie sehr er unter Spannung stand, und nahm seinen barschen Umgangston daher nicht persönlich. Wenige Minuten später traf der nächste Kundschafter ein. Er berichtete von einem wendischen Sklavenhändler, mit dem er sich kaum verständigen, wohl aber entnehmen konnte, dass er zurzeit keine Frauen im ansprechenden Alter habe. Der nächste Reiter wusste auch nichts Brauchbares zu berichten, doch als schließlich der letzte Kundschafter zurückkam, wehte mit ihm eine neue Witterung an sie heran:

„Ich bin auf einen größeren Platz gestoßen, auf dem sich mehrere Händler postiert haben, die unter anderem auch Frauen und Kinder im Angebot haben", rief er ohne vom Pferd zu steigen. Statt dessen wendete er es sogleich.

„Aufsitzen! Jetzt wollen wir die Kerle mal auseinander nehmen." Mit einem für sein Alter beeindruckendem Elan schwang dieser sich auf sein Pferd und preschte dem Trupp voran durch die Menge, den Reiter mit der Spur neben sich. Es ging gerade die Kreuzung hinüber und an der nächsten Abzweigung rechts. Die empört aufbegehrende Meute zerteilend wie ein Schiffsbug die Wellen, jagte das Gefolge die Gasse hinab in Richtung Hafen. Plötzlich öffnete sich der enge Kanal und mündete in einen Tümpel aus stinkenden Sklaven, Vieh, Käufern und Verkäufern. Als er seine Tochter vor seinem inneren Auge hier stehen sah, angekettet und geschunden, wurde ihm zunächst speiübel, bis ihm die Galle hochkam, dann aber fing er an, blind vor Wut zu brüllen:

„Männer, sammelt alle Sklavenhändler ein und bringt sie zu mir. Aber lasst ja keinen entwischen!" Nervös die Finger knetend, saß er auf seinem Pferd und beobachtete, wie seine Leute die Händler einfingen wie Hunde eine Herde dummer ängstlicher Schafe. Ja, Angst haben, das sollten sie ruhig. Jeder war in seinen Augen schuldig, bis das Gegenteil bewiesen wurde, schließlich konnte es jeder gewesen sein. Obwohl einige tatsächlich zu entfliehen versuchten, wurden doch nach und nach alle zusammengetrieben. Wildes Geschrei war auf dem Platz ausgebrochen und unbeteiligtes Fußvolk rannte wild um her, kreischende Rufe nach Kindern wurden immer wieder laut. Und urplötzlich wurden aus dem aufgescheuchten Treiben Ausrufe des Erstaunens hörbar, die sich mehr und mehr häuften. Sein Blick wanderte über die Menge, um die Quelle der Begeisterung ausfindig zu machen, und blieb auf der anderen Seite des Platzes an einem Bären von Mann kleben. Er war anscheinend auch Sklavenhändler, wollte sich jedoch nicht von dem Reiter zu ihm treiben lassen. Schimpfend hatte er sich vor dem Reiter aufgebaut. Als dieser ihn mit seiner Lanze bedrohte, griff der Riese zu und hob ihn mit Leichtigkeit aus dem Sattel.

„Du sollst die Finger von mir lassen, im Namen Thors, oder sein Donner wird auf dich nieder schlagen!" Aus irgendeinem Grund kam ihm der ärmlich gekleidete Mann bekannt vor, als hätte er ihn schon einmal gesehen, aber ihm fiel nicht ein, wo. Ob es schon vor ein paar Wochen in Irland gewesen war? Als gerade zwei Reiter zu der Rangelei hinzukamen, um den Händler festzunehmen, und dabei ebenfalls elfengleich aus dem Sattel schwebten, verlor er die Geduld und Fassung über das Geschehen und brüllte quer über den Platz vom Pferd herunter:

„Hey, Goliath! Bist du das Wildschwein, das meine Tochter entführt hat?" Der Händler plusterte sich auf und gewann so noch mehr an Bedrohlichkeit. Der Angesprochene schaute zunächst etwas verwundert, doch dann gewann er seine Fassung zurück.

„Großkotzigen Pelzträgern, die von ihrem hohen Ross herunter furzen, gebe ich keine Auskünfte. Komm herunter, wenn du etwas von mir willst!" Was fiel diesem Kerl eigentlich ein, so mit ihm zu reden? Die Wut stieg in Olav Kvaran noch weiter an, jedoch fehlte ihm in dem Augenblick die Ausdauer für lange Scherereien. Also stieg er ab und bewegte sich festen Schrittes und mit erhobenem Haupt geradezu schnaufend auf den Bären zu. Die umstehenden Leute machten gebannt Platz. Es war inzwischen totenstill geworden. Am Ziel angelangt, wurde ihm klar, warum der Riese mit ihm von Mann zu Mann sprechen wollte. Selbst aus sechs Fuß Entfernung musste er noch zu ihm aufsehen. Aber er ließ sich keinerlei Einschüchterung anmerken, nicht als Mann seines Ranges. Es fehlte ihm ohnehin an Ruhe, um sich einschüchtern zu lassen.

„Womit kann ich dienen?", fragte sein Gegenüber höhnisch.

„Wo ist meine Tochter? Hast du sie noch oder hast du Bastard sie bereits verkauft? Wehe dir, wenn ihr etwas zugestoßen ist!"

„Hör mal. Davon abgesehen, dass ich nicht weiß, wer du bist, woher soll ich wissen, wo deine Tochter ist? Ich kaufe nur billig ein, um teuer zu verkaufen. Namen und Herkunft kümmern mich nicht." Jetzt, wo er aufgebaut vor ihm stand, sah Olav endlich klar und begriff nicht, wie er so verblendet gewesen sein konnte. Und das nach nur wenigen Wochen! Er konnte die Begegnung mit ihm förmlich schmecken. Dies war der richtige Mann, ohne Zweifel. Ein Schauer von Zorn durchzog seinen Körper, was ihm Mühe bereitete, sich zu beherrschen.

„Willst du mir etwa weiß machen, dass du eine nordische Frau aus gutem Hause nicht von einem Weib aus diesem Lumpenpack unterscheiden kannst?"

„Ich habe hier täglich mit so vielen Mädchen zu tun, da unterscheide ich wenig und erinnern tue ich mich noch viel weniger." Mit diesen Worten lachte der Riese höhnisch. Da konnte Olav sich nicht mehr halten. Mit einer schnellen Bewegung zog er sein Schwert und hielt dem Hünen die Klinge unter den mächtigen Kiefer. Er verstummte.

„Treib ja kein Spiel mit mir, ich weiß genau, dass du dein Brot normaler Weise anders verdienst und ich erkenne dein Gesicht, auch wenn dein übler Geruch schon genügt hätte. Und wenn du mir nicht auf der Stelle sagst, was ihr mit meiner Tochter gemacht habt, dann gnade dir Gott, denn ich werde dich auf der Stelle zu ihm befördern! So wahr ich König Olav Sigtryggsson von Irland bin." Einen Moment lang war es wieder absolut still. Nur sein heftiger Atem schallt in Ihren Ohren. Dann bricht der Händler wieder in Gelächter aus.

„Glaubst du im Ernst, dass ich dir auch nur ein Wort sage, alter Mann? Dabei heißt es doch, dass Schläge auf den Kopf das Denkvermögen erhöhen würden. Vielleicht muss ich noch einmal feste drauf hauen." Kaum dass er ausgesprochen hatte, schlug er auch schon die Klinge seines Angreifers beiseite und holte zum Schlag aus. Sein wilder Blick lähmte den des anderen, sein Schlag hätte ihn ungehindert, ungebremst getroffen, wenn seine Männer nicht aufmerksam gewesen wären.

Ein Ächzen ertönte. Beinahe rhythmisch schlugen vier Pfeile in seinen Brustkorb ein und der Riese hielt in seiner Bewegung inne. Nun hielt der König den Atem an, einerseits überrascht über die Tüchtigkeit seiner Männer, andererseits unschlüssig über das weitere Geschehen. Doch der Riese senkte den Arm und sagte mit fast flüsternder Stimme:

„Es ist zu spät, ihr findet sie nicht mehr. Nicht einmal einer von uns könnte sie jetzt noch wieder finden." Ein mattes Glucksen. „Lass doch deinen verlausten Schwiegersohn aus den Knochen lesen, das wird er doch wohl nicht verlernt haben, der Hurensohn." Ein kurzes, schmerzverzerrtes Husten, dann zog er sein Schwert und mit einem Mark und Bein erschütternden „Odin!", rammte er es dem noch immer zu seinen Füßen liegenden Reiter in den Leib, um gleich darauf selbst über ihm zusammen zu sacken. Fassungslos stand der alte Mann da. Das war die Spur zu seiner Tochter. Und der Marktplatz verschwamm, um die Sicht auf das Wolkenbild längst vergangener Tage freizugeben.

Die Überfahrt

Gedankenversunken stand er am Bug des gut beladenen KNORR und schaute in die Ferne. Der Wind wehte günstig, sodass sie schon bald das Festland erreichen sollten. Sie waren nun schon fast eine Woche unterwegs. Nachts mussten sie rasten, da sie sonst ein Auflaufen an der Küste riskieren würden. Obwohl es von dem Boot kein Entrinnen gab, hielt er das Ende des Strickes noch immer fest in der Hand. Das Mädchen kauerte ebenso reglos an der Bordwand. Weder ihre Situation, noch das Seefahren behagten ihr besonders. Jedes Mal, wenn eine Windböe sich zu ihr hinunter verirrte und ihr das noch immer glänzende Haar aus dem Gesicht blies, konnte man eine Träne an ihrer Wange hinab rinnen sehen. Sie fühlte sich hilflos und allein. Ihr Leben war bisher immer so behütet und sorglos verlaufen. Nie hatte sie sich vor irgendetwas fürchten müssen. Bis vor kurzem, als eine wilde Horde in die Stadt eingedrungen war und geraubt und gemordet und sie entführt hatte. Von da an hatte sich alles schlagartig geändert. Wenn sie beachtet wurde, dann bedeutete das zumeist beschimpft und geschlagen zu werden. Ansonsten war sie einfach allein unter all diesen Menschen. Nur der Handelsschiffer, dem dieses Boot gehörte, schien Gefallen an ihr gefunden zu haben. Er kam immer wieder nach vorne um zu versuchen, sich mit ihrem Besitzer zu unterhalten, weil dieser ihm das Gespräch mit ihr verboten hatte. Besonders viel kam aber nie dabei herum, weil sein Gesprächspartner nicht sehr gesprächig war. Im Gegenteil, er bekam oft genervte oder übertrieben überraschte Blicke von ihm, wenn er etwas mitteilte wie: „Der Wind weht günstig, wir sollten bald Land sichten können." Er konnte die Reaktionen darauf einfach nicht begreifen, schließlich konnte er ja nicht wissen, dass sein Mitfahrer dies längst selbst festgestellt hatte. Also zog er meist enttäuscht wieder nach hinten. Er war ein kleiner, dicker Mann, mit aufgeschlossenem Gesicht und freundlichen Augen. Zudem war er schon deutlich in die Jahre gekommen, was einerseits sehr beachtlich, da selten war, andererseits ihrem Käufer und ihr diese Mitfahrgelegenheit ermöglicht hatte. Das Schiff besaß nur eine kleine Mannschaft, war aber voll beladen und die Ladung hatte von HAITHABU nach HUGLAESTATH befördert werden müssen, dem Hafen an der Treene, der die Nordsee über einen Landweg nach HAITHABU mit der Ostsee verband. Dies ersparte den Händlern Zeit und das Risiko durch das Skagerrak um Jütland herum zu fahren, hatte eben aber auch den Nachteil, die Waren über Land transportieren zu müssen. Also hatte ihr Käufer ordentlich mit angefasst und zum Dank wurden sie mitgenommen. Wohin, das wusste sie nicht. Nur der Stand der Sonne verriet, dass es nach Norden ging. Der Tag wurde bereits müde und die Sonne hing träge über dem Horizont, gewillt an Leuchtkraft zu verlieren und sich hinter der Welt schlafen zu legen.

Ihr Käufer war ein rätselhafter Mann. Er hatte sie bisher weder beschimpft noch geschlagen und wenn er überhaupt etwas zu ihr gesagt hatte, dann jeweils nur ein paar leise Worte, Anweisungen. Er machte bei weitem nicht den reichen Eindruck, wie der Geldbeutel, den er dem Sklavenhändler gegeben hatte, vermuten lassen könnte, sondern sah viel mehr nach einem Waldläufer aus. Er musste ein Unterhändler sein, der sie jetzt erst zu ihrem wahren Besitzer brachte.

Wieder einmal kam der Kapitän zu ihnen gestiegen. Nach einem flüchtigen, von einem nervösen Leergreifen der Finger gefolgten, Blick wandte er sich an den noch immer dahin starrenden Unterhändler.

„Nun kann es wirklich nicht mehr lange dauern." Für diese Auskunft bekam er diesmal, anstatt eines Blickes, ein trockenes „ja" zu hören.

„Ein hübsches Weib habt ihr da, wisst ihr, woher sie ist?" Der Handelsschiffer wusste nicht, was für Kleidung sie unter dem schäbigen Umhang trug, den sie die ganze Fahrt über schützend um sich geschlungen hatte.

„Aus Irland", bekam er zur Antwort.

„Oh, eine Christin also. Wisst Ihr, ich habe mir das mit dem Christentum auch schon mal überlegt. Auf meinen Fahrten hatte ich nämlich schon viel mit Christen zu tun und habe auch schon einige Gotteshäuser gesehen. So ein Reichtum, wie er dort teilweise vorhanden ist, kann nur durch den Beistand eines sehr mächtigen Gottes entstanden sein. Vielleicht würde er auch mir behilflich sein, wenn ich mich ihm anschlösse, meinst du nicht auch?" Der Unterhändler seufzte und wandte sich dem Mann zu.

„Du kannst jeden Glauben wählen, den du willst. Niemand kann sagen, welcher Weg der Beste ist. Alle verlangen dasselbe, Verehrung. Manche allerdings verlangen mehr als Verehrung, nämlich Silber. Viel Silber."

„Es gibt nur einen Gott, den allmächtigen Herren, und Gottes Sohn wird kommen zu richten die Lebenden und die Toten!", meldete sich das Mädchen von unten, wofür sie ein verzerrtes Lächeln vom Kaufmann empfing und einen strafenden Blick vom Unterhändler erntete, welcher sie sofort wieder verstummen und zu Boden starren lies. Damit war das Gespräch dann auch zu Ende. Der Schiffer war anscheinend ein zart besaiteter Mann und konnte mit gespannten Atmosphären in zwischenmenschlichen Beziehungen nicht umgehen. Und die Irin sprach Nordisch!

Für den tatsächlich kurzen Rest der Fahrt kam er nicht mehr zu den Beiden nach vorne, sondern äugte nur noch gelegentlich verstohlen herüber. Schönheit ist eben nicht volksabhängig, sondern liegt allein im Auge des Betrachters. Tatsächlich war die Spannung zwischen ihr und dem Unterhändler gar nicht so groß, wie es den Anschein erregen könnte. In der einen Woche hatte sich ihr Unterhändler als stiller und strenger, aber auch gerechter und umsichtiger Mensch erwiesen. Sonst hätte sie sich nie getraut den Mund aufzumachen. Natürlich hatte sie anfangs stets gegen die Gewohnheiten ihres Königstochterdaseins ankämpfen müssen, jederzeit Gehör zu finden. Sie hatte in den letzten Wochen aber schmerzhaft gelernt, dass ihre Meinung von nun an nichts mehr bedeutete.

Bei Sonnenuntergang erreichten sie ihr Ziel, einen kleinen Fischerhafen, der für den Handelsschiffer nur eine Station in Richtung Island war. Man verabschiedete sich distanziert freundlich, was dem Unterhändler nur all zu recht war, und machte sich auf den Weg durch das kleine angrenzende Dorf. Hier gefiel es ihm gleich viel besser. Alles war weiter, ruhiger, gemütlicher, obwohl Siedlungen dieser Größe in Norwegen schon selten zu finden waren. Zielstrebig führte er seine Ware den leichten Hang hinauf, den breiten unbefestigten Weg, an dem sich die Hütten entlang schmiegten. Er schien nicht zum ersten Mal hier zu sein oder zumindest genau zu wissen, wo es lang ging. Das Dorf wurde immer ruhiger, je weiter man sich vom Wasser und damit von Seemännern und letzten Beschäftigungen des Tages entfernte. Schließlich wurde die Straße leer und es standen nur noch vereinzelt Hütten am Rand. Sie hielt dies für die passende Gelegenheit eine erneute Äußerung zu wagen, bevor sie wieder auf Menschen stoßen würden.

„Es tut mir leid", sagte sie zögernd und leise.

„Gut", bekam sie zur Antwort. Auf weiteres zu warten, wäre sinnlos gewesen, soviel hatte sie bereits gelernt.

„Ihr werdet mich also nicht strafen?", versicherte sie sich.

„Nein, werde ich nicht. Sofern es nicht wieder vorkommt."
Erleichterung machte sich in ihr breit. Mit einem Funken
Menschlichkeit in ihrer Lage hatte sie einen Rockzipfel, an den
sie sich klammern konnte und der sie hoffen lies.

„Danke", entfuhr es ihr noch einmal still und leise, wie ein
letztes Stupsen an ein Bauwerk, von dessen Stabilität sie sich
überzeugen wollte. Nur mit dem Unterschied, dass hier das
Ausbleiben einer Reaktion ebenso etwas Schlechtes bedeuten
konnte. Das letzte Haus, welches recht weit oben am Hang
stand, bevor sich der Wald, in dessen Schneise das Dorf
entstanden war, wieder schloss und der Hang steil anstieg, war
ihr Ziel. Es war das Haus eines Holzschnitzers, der
Kunstgegenstände und Schiffsverzierungen anfertigte, was man
den Holzresten vor der Hütte und der überdachten Werkstatt
gleich daneben entnehmen konnte. Überall lagen Späne und es
roch angenehm nach Holz. Der Unterhändler klopfte gegen die
Tür. Kurz darauf öffnete ein kleiner, leicht untersetzter Mann,
der zwar ergraute, jedoch nicht ganz so alt zu sein schien. Er
trug das Haar sehr kurz geschoren, sodass sein runder Schädel
als solcher sehr gut auszumachen war. Mit ihm guckte er nun
aus dem Türspalt.

„Na nu, mit dir habe ich von allen am Wenigsten gerechnet,
was für eine Freude dich mal wieder zu sehen!", begrüßte er
den Unterhändler, nachdem er seinen Besuch in der Dunkelheit
erkannt hatte. Von drinnen schien ein gemütlich warmes Licht
heraus und es duftete herrlich nach einem deftigen Abendessen.

„Grüß dich, Hakwin, ich hoffe ich komme nicht ungelegen!"
Mit Erstaunen nahm das Mädchen ein warmherziges Lächeln
im ganzen Gesicht ihres Hüters war.

„Nein, gar nicht. Komm rein! Ich sag nur kurz Blida bescheid,
dass sie etwas mehr zubereiten soll." Er stieß die Tür auf und
eilte an das andere Ende des Raumes. Die beiden Besucher

traten nacheinander ein. Hinter ihnen machte ihr Hüter die Tür wieder zu und riegelte mit einem tiefen Blick in ihre Augen ab. Anschließend nahm er ihr den Umhang ab und wies ihr einen Hocker zu, der aus einem Baumstumpf geschnitzt war. Gehorsam nahm sie Platz und rührte sich nicht. Er legte seine Sachen ab, den großen Beutel, den er immer bei sich trug, die Decke und zum ersten Mal auf der gesamten Reise auch sein Schwert, welches erstaunlich kurz war und eine sonderbare, breite Form hatte. Jedenfalls hatte sie so eine Waffe noch nie gesehen. Als er alles sorgfältig zurechtgelegt hatte, setzte er sich an einen kleinen Tisch an einem Feuer, welches in der Mitte des Raumes loderte und einen darüber baumelnden Topf erwärmte. Kurze Zeit später kam das Paar auch schon hinzu und Blida schüttete noch etwas mehr an Fleisch und Gemüse in den Topf.

„Und ihr könnt das auch verkraften?", wollte ihr Besucher wissen.

„Aber ja, mach dir da keine Sorgen, wir hatten einen guten Sommer!", beruhigte ihn Hakwin gastfreundlich. „Aber erzähl doch mal, was verschlägt dich hierher?" Der Unterhändler nickte in die Richtung des Mädchens.

„Ich habe eine Lieferung zu machen." Das Paar schaute das Mädchen, welches die Blicke schüchtern erwiderte, verwundert an.

„Ein hübsches, kleines Ding", bemerkte Blida „Hast du Durst?" Ohne eine Antwort abzuwarten, war sie bereits aufgesprungen. Hakwin schaute von seinem eigenen Becher fragend zu seinem Besucher auf, der nur ein genehmigendes Nicken gab.

„Du lieferst sie aus?", erkundigte sich Hakwin, der sich sehr dafür interessierte, was sein Besucher in der vergangenen Zeit getrieben hatte, als Blida gerade mit zwei Bechern zurückkehrte. Während sie dann noch einen Laib Brot holte, damit das Abendessen für den seltenen Gast beginnen konnte, begann dieser mit einer für ihn erstaunlich ausführlichen und rednerisch durchaus begabten Erzählung. Das Mädchen wusste das zu beurteilen. Zu Hause am Hof hatte es öfter nordische und irische Skalden gegeben, die gesungen und Geschichten erzählt hatten. Sie liebte es, Geschichten zu hören, und diese drängte ihr das Gefühl des Heimwehs mehr denn je ins Herz. Dabei war der Inhalt ganz und gar nicht heimatverbunden, ganz im Gegenteil. Sie entnahm aus der Erzählung, was die Gastgeber schon zu wissen schienen, dass ihr Gast eigentlich Handelsschiffer war, genau wie jener, der sie und ihn hergebracht hatte. Als ihre Gedanken dann abschweiften und in der Vergangenheit umherirrten, berichtete er, wie er als ein solcher ein sehr gutes Angebot bezüglich dieses Auftrages bekommen und wie sich alles zugetragen hatte. Die beiden Gastgeber hörten ihm beim Essen interessiert zu, ohne ihn ein einziges Mal zu unterbrechen. Erst als er seine Erzählung mit ihrem Eintreffen in dem Hause des Holzschnitzers beendet hatte, stellte der nachdenklich gewordene Hakwin eine Frage:

„Angesichts der Kleider dieses Mädchens... Hast du eine Ahnung, warum sie dir die Beschaffung dieses feinen Mädchens aufgetragen haben und es nicht selbst abgeholt haben? In einem Drachenboot voller Gefolgsmänner hätte man sie sicherer in den Norden bringen können oder nicht?" Der Unterhändler nickte.

„Ich weiß es. Über ihren Plan haben sie mir nichts verraten, aber wer sie ist schon. Schließlich musste ich wissen, warum ich so vorsichtig wie möglich sein muss, ohne jedoch im Notfall etwas verraten zu können. Deswegen weiß ich, dass meine Auftraggeber sich mit Olaf Tryggvason angelegt haben und sich daher bedeckt halten müssen." Er machte eine kurze Pause. „Denn das hier ist seine Frau!" Blida ließ vor Schreck ihren Löffel in den Topf fallen, aus dem sie gemeinschaftlich aßen.

„Was?"

„Ja, Schatz, das ist des Krähenbeins Weib", erklärte Hakwin seiner Frau noch einmal mit einem kalten Blick zur Seite. Schlagartig war die Stimmung umgeschlagen, sie traute sich nicht, aufzusehen. Es war nicht die Angst, die nun im Hause schwebte, sondern der Hass. Das Mädchen wagte kaum zu atmen. Was hatte man nur vor mit ihr? Was hatte das alles zu bedeuten? Ungewollt begann sie zu zittern. Plötzlich erschien der Hüter vor ihr, stellte ihr eine Holzschüssel mit Eintopf hin und band die Fesseln von ihren Handgelenken los.

„Keine Angst, das sind friedliche Leute. Du musst wissen, dass dein Gemahl sich hier nicht gerade beliebt gemacht hat."

Der Verräter

Für Sven war es das beste, was ihm hatte passieren können, vom Jarl zusammen mit Thorbjörn nach HAITHABU versetzt zu werden. Nicht nur, dass er eine angenehmere Tätigkeit als Sklavenhüter hatte und den Großteil der Raufbolde los war, nein, es war diese Stadt, die das Privileg ausmachte. Oben in den Fjorden Norwegens war das Leben karg gewesen. Hier konnte er durch die belebten Straßen spazieren und sehen, wofür er seinen kleinen Sold ausgeben konnte. Und hier gab es wirklich alles. Ob er bloß Süßholz aus Afrika, dunkles Ale oder Weiber kaufen wollte, wenn er die nötigen Abstriche an seinen Ansprüchen vornahm, konnte er es sich nach genügendem Sparen leisten. Besonders dann, wenn sein Lohn öfter so groß ausfallen sollte wie vor kurzem, als dieser Fremde die Königstochter abgeholt hatte.

Ja, er fing mehr und mehr an, das Leben zu genießen. Vielleicht würde er irgendwann selbst Sklavenhändler sein und so viel Silber verdienen können, sich seinen eigenen kleinen Hof zu kaufen und bewirtschaften zu lassen. In seinen Träumen sah er schon alles genau vor sich. Ferne Träume, ja, aber nicht völlig unerreichbar. So schien es ihm jedenfalls, wenn er in seiner Freizeit durch die Stadt schlenderte. Er fühlte sich zum ersten Mal frei, seitdem ihn Thorbjörn damals aufgelesen hatte. Ja, natürlich war er der Meute schon irgendwie dankbar, ohne sie hätte er nicht überlebt. Dennoch war er für sie immer ein Niederer gewesen und so wurde er auch behandelt. Er zerbiss das kleine Stück Süßholz, das in seinem Mund schon ganz weich geworden war, und der volle Geschmack breitete sich auf seiner Zungenspitze aus. Für ihn war das der Geschmack von Luxus. Es waren keine goldenen Schnallen oder seidenen Gewänder, es waren die Vielfalt und der Genuss. Er erinnerte sich noch gut daran, wie seine Eltern immer von der neuen Vielfalt an Lebensmitteln gesprochen hatten, die sie nun endlich hatten, als sie nach Britannien gezogen waren. Da gäbe es alles, hatten sie immer gesagt, und wenn nicht, dann könne man es sich von den Briten oder Sachsen holen. Und es stimmte. Ein Jahr lang war es ihnen gut gegangen, der ganzen Familie und allen anderen, die mitgekommen waren, um sich dort neu anzusiedeln. Ein Jahr lang hatten sie keinen Hunger leiden müssen. Ein Jahr lang hatte sein Vater nicht mehr für Monate fort zu sein müssen, damit sie leben konnten. Ein Jahr lang hatte er seine Mutter fast jeden Tag lachen sehen.

Dann kamen die Sachsen zurück. Ebenso erbarmungslos, wie die Nordmänner einst eingefallen sein mussten, wüteten sie nun auch in ihrem Dorf und töteten seine Eltern, verbrannten ihr Haus und stahlen ihr Vieh. Er konnte sich verstecken und überlebte. Aber ihm war alles genommen worden, was er hatte. Er wäre jämmerlich krepiert, wenn nicht bald darauf eine Horde Wikinger auf der Flucht vor den Briten durch die Überreste ihres Dorfes gekommen wäre und Thorbjörn ihn nicht gefunden hätte. Freundlich spaßend hatte der Riese ihn auf seinen starken Armen mit auf ihr Schiff und in die neue Heimat gebracht: Norwegen. Von da an war er einer von ihnen oder besser gesagt ein halber von ihnen, der SKRAELING. Er besaß kaum eigenes Silber und durfte auch nicht mit auf Raubzüge. Sein neues Leben war ihm verhasst gewesen.

Bis jetzt. Nun konnte er lässig auf einer großen Kiste sitzen und auf die Sklaven aufpassen, während Thorbjörn mit seinen Kunden verhandelte. Auch kochen machte ihm Spaß, gerne experimentierte er mit der Vielfalt herum, die hier angeboten wurden. Unmengen an Gewürzen, von denen er noch nie etwas gehört hatte und die Thorbjörn ihm ab und zu kaufen erlaubte. Was nicht schmeckte, konnte er immer noch den Sklaven geben, die sonst sowieso nur Massenfutter bekamen – was er auch kochen musste. Doch wie gesagt, er tat es gerne und war mit seiner Arbeit somit sehr zufrieden.

Gerade ließ Sven sich wieder auf seiner großen Kiste neben Thorbjörn nieder um genüsslich auf seinem Holz zu kauen und hier und da schönen Weibern hinterher zu schauen, da hörte er plötzlich lautes Pferdegetrappel, welches aus der Gasse nach Westen schnell näher kam. Viele Leute verdrehten erstaunt die Köpfe. Galoppierendes Reiten war hier in der Stadt unüblich, dazu gab es viel zu viele Menschen. Auch Thorbjörn strich sich vorahnungsvoll durch den Bart. Dann kamen sie auch schon auf den Platz gestürmt, eine kavallerieähnliche Reitergruppe, angeführt von einem offensichtlich Adeligen auf einem Prachttier von Pferd, ergoss sich in die Menschenmenge. Der Adelige brüllte Befehle und einige der Reiter schwärmten aus. Die Menge auf dem Platz geriet in Aufruhr, was Sven äußerst belustigend fand. Stadtbewohner waren durch die geringste Aufregung völlig aus dem Häuschen zu bringen.

„Bei Gungnir, der hat uns aber zielsicher gefunden, so ein Elchdreck!", fluchte Thorbjörn, der die Aussichtslosigkeit eines Fluchtversuches erkannt hatte. „Ich hätte ihn töten sollen, den Mistkerl. Aber nein, der Unschuldige muss ja schon genug leiden. Und das alles nur wegen dieses Hurensohns Tryggvason!" Schnell riss er sich den Umhang vom Leib und warf ihn Sven zu, kurz bevor auch schon ein Reiter auf Thorbjörn zukam.

„Los, mitkommen, König Sigtryggsson von Irland wünscht Euch zu sprechen.", bellte dieser.

„Ich glaube kaum, dass wir uns etwas zu sagen hätten. Tut mir Leid, aber ich habe zu tun."

„Der Wunsch des Königs ist Befehl!"

„Der gute Olav Kvaran ist aber nicht mein König, selbst der

Gabelbart müsste schon einen guten Grund nennen, mir Befehle erteilen zu wollen."

„Wirst du jetzt wohl mitkommen oder muss ich dich holen?", fragte der Reiter laut und selbstbewusst.

„Wenn du mich auch nur anfasst, wirst du das auf ewig bereuen, du Knirps!", knurrte Thorbjörn und da war es vorbei mit all der Stärke und Härte des Reiters. Nach einem hilflosen Blick in Richtung seines kochenden Königs setzte er auf den Riesen zu streckte ihm drohend seine Lanze entgegen. Sven hatte kommen sehen, was nun passieren musste. Augenblicklich griff Thorbjörn nach dem Schaft und drückte den Reiter, der das Ende des Schaftes unter den Arm geklemmt hatte, mühelos vom Pferd. Ein gezielter Faustschlag ließ den Gestürzten am Boden verharren. Wie die meisten Nordmänner war auch Thorbjörn ein tüchtiger Geschäftsmann, aber in kriegerischen Tätigkeiten war er noch weitaus besser. Doch als der König auf das Geschehen aufmerksam wurde und Thorbjörn auszufragen begann, wusste Sven, dass der Riese ausgespielt hatte. Und zu seinem Erstaunen empfand er nicht den Schmerz, nicht die Verzweiflung, die er gespürt hatte, als er seine Eltern verloren hatte. Nein, er witterte eine Chance! Er wusste, aus welchem Anlass der König persönlich gekommen war, und ebenso wusste er, was der Clan mit seiner Tochter vorhatte und dass diese früher oder später im Lager eintreffen würde. Was wäre also, wenn er dem König helfen würde? Würde man ihn reich belohnen? Oder gar für einen guten Posten einstellen? Würde er die Welt befahren können? Nach und nach beflügelte ihn die Fantasie zu den schönsten Visionen, während er abseits der Menge das Geschehen – durch diese verdeckt – nicht mehr überblicken konnte. Doch schon bald sah er ein paar Reiter auf ihren Pferden sich dem Geschehen langsam nähern. Sie fixierten die beiden Männer, dann begannen sie plötzlich ihre Bögen zu spannen und auf den ahnungslosen Riesen zu richten. Keine ihrer Bewegungen entging ihm, doch Sven hatte seinen Entschluss gefasst und sein rettender Warnruf an Thorbjörn blieb aus. Geradezu rhythmisch schlugen die Pfeile ein, wie der Auftakt zu einem besseren Leben. Svens Augen fingen an zu leuchten.

Der letzte Schrei des Riesen als Begrüßung seines Gottes im Jenseits erschallte. Zwei Seelen verließen MIDGARD. Nachdem sich die entsetzte Menge nach und nach wieder verzogen hatte, stand der König noch immer ratlos auf dem Platz neben den beiden leblosen Körpern, die dem Riesen und dem von ihm aufgespießten Reiter gehört hatten, und hörte sich geistesabwesend, die Ratschläge seiner Gefolgsmänner an. Sein Schwert auf den Boden aufgesetzt, aber noch immer in der Hand haltend, war das Alter in den König eingekehrt und zeichnete nun auch sein Äußeres. Der richtige Augenblick war gekommen. Noch immer lässig auf der Kiste hockend und mit einem Grashalm herumspielend, ergriff Sven die Gunst der Stunde und all seinen Mut und rief:

„Ich kann Euch zu Eurer Tochter bringen!"

Über die Berge

Ihr Weg führte nun über die Berge in den nächsten Fjord, wo seine Auftraggeber ihr Lager hatten. Selten ging jemand den Weg über die Berge, da man mit dem Schiff viel leichter vorankam. Doch es gab einen Pfad, der für diejenigen, die unentdeckt bleiben wollten, genau richtig war. Angelegt war dieser Pfad von Jägern, Sammlern und Holzfällern auf der Suche nach dem passenden Objekt ihrer jeweiligen Begierde. Es würde noch ein, zwei letzte Tage dauern, bis er sie hinüber geführt hätte, und bis dahin war er mit ihr allein. Irgendwie schien sie das zum Reden zu animieren, sie fing immer wieder an zu fragen und zu bitten. Das war an sich gar nicht so schlimm, nur musste er Abstand zu ihr bewahren. Er würde sie abgeben und wahrscheinlich bedeutete das langfristig ihren Tod. Er hatte sie als Sklavin gekauft, also ohne jegliche Rechte, ein Sachbesitz... ein geschwätziger Sachbesitz.

„Wieso kennst du dich hier so gut aus?" Sie schien die Scheu vor ihm vollends verloren zu haben.

„Ich habe hier einmal gelebt.", antwortete er kurz.

„Mh hm. Weißt du denn wirklich nicht, was mit mir geschehen soll?" Er atmete einmal tief durch.

„Nein, wirklich nicht und es ist auch sinnlos, sich darüber den Kopf zu zerbrechen.", sagte er mit gereizter Stimme.

„Aber was wenn..." Sie hielt inne, weil er plötzlich stehen blieb und sich umdrehte. Mit einem schnellen Griff öffnete er ihr den Mund und stopfte ein geknotetes Tuch hinein, dessen Zipfel herausragten und hinter ihrem Kopf zusammengebunden wurden. Sie presste einen dumpfen Laut hervor, dessen Botschaft durch ihren halb verdutzten, halb aufsässigen Blick durchaus verständlich war. Er nickte nur zufrieden und setzte seinen Weg fort. Nach und nach lichtete sich der Wald, die Bäume wurden kleiner und der Bestand weniger. Da die Berge Norwegens steil sind, erreicht man diesen Punkt recht schnell, der Aufstieg ist daher aber auch häufig sehr anstrengend. Als sie an einen steinigen Absatz kamen, hielt er an.

„Hier wird der Weg schwierig, ich werde dir die Fußfesseln abnehmen." Augenblicklich ließ sie sich zu Boden fallen. Während er sich vor sie hockte und ihr die Fesseln von den Fußgelenken losband, fügte er hinzu:

„Du verstehst das ganz falsch, wir werden hier nicht rasten, ich nehme dir lediglich die Fesseln ab!" Dabei musste er ein Schmunzeln unterdrücken. Als er dann aber wieder aufstand, blieb sie demonstrativ sitzen. So weit war es also schon gekommen. Sie war nicht dumm, Stück für Stück hatte sie ihn weich gekocht. „Komm jetzt!", befahl er in ungewohnt harten Ton. Sie rührte sich nicht. Sofort wurde seine Miene wieder kalt und starr. Im Angesicht des Irrtums, der sich anscheinend aufgetan hatte, sah er sich gezwungen, wieder zu härteren Maßnahmen zu greifen. Mit finsterem Blick beugte er sich zu ihr herab und schaute ihr in die trotzigen Augen. Dann umschlang er ihre Schultern und Schenkel, hob sie hoch und trug sie zum nahe gelegenen Abhang.

„Lernen durch fühlen!" zischte er ihr ins Gesicht. Sie schien vor Schreck wie gelähmt, sodass sie sich kaum wehrte, als er sie hinunterfallen ließ. Sie schrie, so wie es ihr eben möglich war, während sie die steile Böschung hinunter rutschte. Ein Felsen kam in Lidschlägen auf sie zu gerast, wurde immer größer und bedrohlicher. Sie versuchte sich mit den Füßen abzubremsen, doch der Abhang war zu steil. Verzweifelt versuchte sie ihre gebundenen Hände nach einem herunter hängenden Ast auszustrecken, der aber unerreichbar war. Sie sah sich schon hart auf dem Felsen aufprallen, doch dann wurden ihre Hände emporgerissen. Ein harter Ruck durchfuhr Ihre Schultern. Gute vier Fuß vor dem Felsen kam sie schmerzlich zum Halten. Ihr Herz raste, sie brauchte eine Zeit, bis sie nach oben sah, wo er stand und das Ende des Strickes, der noch immer an ihren Handfesseln befestigt war, um sich geschlungen hielt, die Füße gegen einen Vorsprung gestemmt.

„Komm rauf, wir gehen!", befahl er nur.

Der Aufstieg war beschwerlich, doch er hielt lediglich, um sie an einem Bach trinken zu lassen und die Fellflasche aufzufüllen. Zu ihrem Erstaunen erreichten sie den Gipfel, welcher sich als kleines Hochplateau entpuppte, ohne tatsächlich klettern zu müssen. Die äußeren Grenzen des Plateaus waren alle zu sehen und bildeten somit einen Kessel. Innen ergoss sich ein dichter Wald, welcher einen See umgab, der von kleinen Gebirgsbächen gespeist wurde. Hinter ihnen ging die Sonne bereits unter und flutete den Kessel mit einem goldenen Licht. Unbeirrt setzte er seinen Weg in das Tal hinunter fort.

„Dort unten werden wir rasten und übernachten.", beantwortete er die Frage, die er von ihr zu hören vermutet hätte, hätte sie nicht immer noch den Knebel getragen. Widerwillig ließ sie sich voranziehen. Zwar hatte sie noch Respekt vor ihm, jedoch keine Angst mehr. Angst hatte sie vielmehr vor dem, was nach ihm kommen mochte. Sie hatte nicht erwartet, auf so viel Hass zu stoßen. Verachtung ja, die hatte sie bereits erfahren, aber keinen Hass. Und sie betete zu Gott, dass er sie schützen und erlösen möge.

Als sie unten am See ankamen, war es schon einige Zeit dunkel und sie war sich sicher, in den nächsten Minuten tot umzufallen, würden sie nun nicht rasten. An einer kleinen Lichtung am See, welche von einem Rinnsal durchzogen und mit weichem Gras bewachsen war, ließ sie sich einfach an einem Baum niedersinken. Er sah sie an und nickte, wie er es immer tat.

„In Ordnung, rasten wir hier", sagte er. Wenig später prasselte ein kleines Feuer auf der Lichtung und zwei Decken waren ausgebreitet. Auf einer dieser saß er nun und starrte wie versteinert in die Dunkelheit. Als sie schon dachte, er würde ewig so verharren, wandte er sich ihr zu und musterte sie verschmitzt. Als wäre ihm mit einem Mal eingefallen, das er etwas vergessen hatte, kam er zu ihr herüber und nahm ihr ganz ohne Zier das Tuch aus dem Mund, das bereits völlig aufgeweicht und matschig geworden war. „Hast du Hunger?" Nachdem sie ihren Hals mit einem starken Räuspern geklärt hatte, bestätigte sie im das. „Nun, groß ist das Angebot nicht. Wir haben Stockfisch, etwas getrocknetes Elchfleisch, welches sich durchaus wieder aufkochen lässt, ein wenig Brot, Beeren und sogar Skyr, wenn du magst."

„Ja, ist gut." In den vergangenen Wochen waren ihre Ansprüche enorm gesunken und nach diesem Gewaltmarsch hatte sie einen solchen Hunger, dass sie wahrscheinlich alles gegessen hätte, was er ihr vorsetzte. Während er ihr die Handfesseln abnahm, fuhr er fort.

„Wenn du nichts dagegen hast, werde ich den Stockfisch für später aufheben. Auf See gibt es kaum etwas anderes, wie du vielleicht schon bemerkt hast, und ich kann das Zeug kaum noch sehen." Diesmal war sie es, die mit einem Lächeln nickte. Es war seltsam, ihn soviel reden zu hören. Also kramte er einen kleinen Topf hervor, füllte ihn mit Wasser aus dem kleinen Strom und ließ das Feuer ein wenig herunterbrennen, bevor er den Topf gekonnt darauf platzierte. Als das Wasser köchelte, warf er ein paar dunkle, rindenartige Brocken hinein.

„Warum hasst ihr Olaf so sehr?"

„Ich hasse ihn nicht."

„Deine Freunde unten im Dorf aber schon. Warum? Was hat er euch getan?"

„Ich lebe nicht mehr hier, deswegen weiß ich nicht, was die Leute hier so beschäftigt. Ich kann dir lediglich das sagen, was Hakwin mir erzählt hat." Sein Blick wurde von dem ihren erwartungsvoll empfangen. Er schürzte die Lippen. „So wie ich ihn verstanden habe, könnte es etwas mit der Durchsetzung des Christentums zu tun haben. Den meisten Untertanen ist es egal, wer ganz oben das Sagen hat. Aber die Leute hier in der Gegend hängen noch sehr an den alten Bräuchen und Tryg… dein Gemahl ist wohl dabei, im ganzen Königreich das Christentum durchzusetzen - wenn es erforderlich ist, auch mit Gewalt. Meine Auftraggeber wollen dich demnach vermutlich als Druckmittel einsetzen."

„Hm", ihr Gesicht wurde nachdenklich. Er nutzte die Gelegenheit, das Brot, einige Beeren und den Quark hervorzukramen. Die letzteren wurden in einem verschließbaren Holztöpfchen aufbewahrt. „Und wenn man zu nächst mit ihnen redet und versucht sie vom Christentum zu überzeugen, ihnen Gottes Botschaft näher bringt, sie ihnen erklärt?" Sie war etwas erleichtert, dass es für sie nicht um harte Arbeit oder dergleichen ging.

„Überwiegend macht er das ja auch so, nur da, wo es nicht klappt, eben nicht. Und dann ist er nicht gerade zimperlich."

„Ich habe nie hinterfragt, warum mein Gemahl so plötzlich Christ geworden ist. Man sagt, er sei ein Gefürchteter Wikinger gewesen, der viele Städte geplündert und Menschen gemordet und geschändet hat. Und nun zieht er durch das Land um die Menschen zu Christen, zu guten Menschen zu erziehen. Es heißt Gott freut sich besonders über zurückgekehrte Schafe nicht wahr?" Er ging nicht darauf ein. Sondern beschäftigte sich mit der Mahlzeit. Schließlich fuhr er mit dem vorherigen Thema fort.

„Ich kann mir auch nicht vorstellen, dass die Christianisierung der einzige Grund ist. Die Leute hier denken sonst auch viel nutzenorientierter, weswegen die Ideen, die unser freundlicher Handelsschiffer gehabt hat, eigentlich auch hier Anklang finden sollten. Es muss noch etwas anderes dahinter stecken. Hier, iss!" Er reichte ihr die Schüssel mit Quark und einen Löffel sowie ein großes Stück Rinde, auf dem etwas Fleisch und Beeren verteilt waren. Gierig fing sie an zu schlingen.

„Und du, bist du ein Christ?" Er schüttelte leicht den Kopf.

„Nein."

„Warum nicht?" Er schnaubte.

„Du kannst genauso gut fragen, warum ich braune Haare habe und nicht flammend rote. Warum ist euer Glaube so viel richtiger als alle anderen? Warum ist euer Gott der einzig wahre? Weil er zu den Menschen sprach und Moses die Zehn Gebote mitteilte?" Er wusste erstaunlich gut bescheid.

„Ja, woher kennst du die Bibel?"

„Ich bin christlich erzogen worden", antwortete er beiläufig. „Aber was, wenn ich dir sage, dass auch die alten Götter der Nordmänner mit den Menschen gesprochen haben? Mehr noch, sie treiben manchmal sogar ihr böses Spiel mit ihnen!"

„Und das lassen sie sich gefallen? Gott würde nie sein böses Spiel mit uns Menschen treiben!" Er setzte zum Sprechen an, schien sich aber gegen seine Erwiderung entschieden zu haben und setzte dann erneut an:

„Glaubst du im Ernst, dass so viel Macht niemals zum Bösen verleitet? Glaubst du wirklich, dass dein Gott darüber erhaben ist? Warum bestraft er euch über viele Generationen hinweg für etwas, dass ihr nie getan habt, sondern eure Vorfahren vor unglaublich langer Zeit im Paradies?"

„Weil wir bereits sündig geboren werden."

„Ist das etwa gerecht, dass der allmächtige, allwissende Gott einen sündigen Menschen erschafft und ihn dann für sein Handeln richtet? Traditionelle Nordmänner kennen nicht einmal ein Wort für 'Sünde', es scheint kein von Gott gegebenes Wissen zu sein." Darauf schien sie keine Antwort zu wissen. „Und dann gibt es da noch einen Widerspruch, der besonders durch deinen lieben Mann deutlich wird. Soweit ich weiß, schreibt eines der Zehn Gebote vor, dass man nicht töten soll. Im Namen Gottes scheint das aber in Ordnung zu sein!"

„Woran glaubst du?" fragte sie ernsthaft interessiert.

„Muss ich denn an etwas glauben? Ganz gleich, welche Götter es tatsächlich geben mag, sie scheren sich einen Dreck um mich. Also tue ich das gleiche mit ihnen."

„Ist denn irgendetwas Schlimmes passiert?" Sie klang beinahe wirklich besorgt, doch er antwortete nicht.

„Ich habe das nicht gewusst", sagte sie bedrückt.

„Was nicht gewusst?"

„Was Olaf hier treibt."

„Komischer Zeitpunkt, sich schuldig zu fühlen. Mach dir lieber über deine eigenen Probleme Sorgen." Damit bezog er indirekt schon Partei in einer ganz anderen Frage, die sich stellen würde, falls sie diesen Alptraum überstehen sollte. Er schien das Gespräch für beendet zu halten, jedenfalls legte er sich schlafen, ohne ihr Knebel oder Fesseln anzulegen. Er glaubte wohl nicht, dass sie entkommen konnte. Selbst wenn sie wollte, würde sie wohl auch nicht weit kommen. Ob das der Sinn dieses langen Marsches war? Als das Feuer erlosch, bemerkte sie erst die Stille, die sie umgab. Das kleine Rinnsal gurgelte schüchtern im Hintergrund und der Wind jaulte in der Ferne, wenn er sich den Bauch am Kesselrand des Bergkessels aufriss. Und während sie ihm noch lauschte, übermannte sie auch schon die Müdigkeit.

Die Ankunft

Plötzlich tat sich der Wald vor ihnen auf, ein felsiger Vorsprung erlaubte keinen Baumwuchs und ermöglichte den Blick an den Fuß des Berges. Dort erstreckte sich ein grünes Tal, welches leicht Richtung Ozean abfiel und in einen Fjord mündete. Etwas weiter oben, auf der gegenüberliegenden Seite, waren die Umrisse einer kleinen Festungsanlage mit Palisadenwall zu erkennen, deren Turm auf einer natürlichen Erhöhung über dem Wasser emporragte. Das alles lag dicht genug, dass ein Beobachter die Menschen hinter und vor den Palisaden, wo sich das sehr kleine Dorf hin ausgebreitet hatte, bei ihrem Treiben gut zu erkennen vermochte.

„Da unten ist es", sagte er und stellte sich an den Rand ihrer Aussichtsstelle. Sein Blick wanderte von den Hütten des Dorfes hinab zum Wasser und den Fjord hinunter, so weit es dessen Biegung zuließ. Dann fiel sein musternder Blick auf sie. Bevor sie einen Ton sagen konnte, musste sie erst einmal schlucken.

„Du wirst mich abgeben, nicht war?", fragte sie zitternd. Er nickte.

„Ja, das werde ich."

„Aber…"

„Nein, nichts ‚aber'. Komm, wir gehen weiter!" Er wollte sich unter keinen Umständen auf Diskussionen einlassen. Sie hatte alle Rechte verloren, das musste er sich klar machen. Außerdem hatte er eine Verpflichtung, seiner Mannschaft gegenüber. Er machte ein paar Schritte, wurde aber nicht begleitet. Kühl sah er sich zu ihr um und sah sie auf das Wasser schauen.

„Na, wo liegt denn dein Boot? Ich sehe hier nur Kriegsschiffe." Sie wollte ihm nun ins Fleisch schneiden, trotzig bis zum Schluss. Doch davon würde er sich nicht beeindrucken lassen.

„Versteckt in einem kleinen Seitenarm, hinter dem kleinen Berg gegenüber. Komm jetzt!" Er führte sie das letzte Stück den Hang hinunter. Zwischen ihnen herrschte nun eine Spannung, die sich äußerlich nur in einem tiefen Schweigen ausdrückte. Unten traten die Bäume endgültig auseinander und entließen ihre Schützlinge den beschäftigten Menschen entgegen. Sklaven arbeiteten auf einem Gemüseacker und am Wasser wurde zurzeit ein neues Schiff gebaut. Während ihre Blicke ängstlich von einem Treiben zum anderen wanderten, lag sein Blick stur nach vorn gerichtet, seinem Weg vorauseilend. So führte er sie durch die Holzhütten, die mehr durch Trampelpfade als durch Wege verbunden waren, eine leichte Anhöhe zum Eingang in die Befestigungsanlage hinauf. Die Wache am Tor erkannte ihn sofort.

„Da bist du ja endlich, Ragnar erwartet dich schon ungeduldig!" Nur ein Nicken des Neuankömmlings, keine Begrüßung auf beiden Seiten, dann waren die beiden auch schon im Inneren der Anlage. Dort sah es im Grunde nicht viel anders aus als außen, nur viel enger zusammengerückt. Die Gebäude waren etwas größer und länglicher. Oben kurz vor der Treppe hinauf zum Wachturm lag das größte Gebäude der Siedlung, zweifelsohne die Behausung des Jarls. Auf diese ging er nun zu. Vor der Tür angekommen hielt er kurz inne und atmete durch, dann drückte er gegen die Tür.

„Ah, wen haben wir denn da?! Was für eine Überraschung. Tritt ein, tritt ein!", rief Ragnar sogleich, der mit einigen Kumpanen an einem massigen Tisch saß und es sich gut gehen ließ. Gyda versteifte sich merklich, die beiden Ankömmlinge waren im Eingangsbereich stehen geblieben. Irgendwie schien er sich auch nicht wohl zu fühlen. Wortlos hielt er das Ende des Strickes in die Höhe. Ragnar lachte erfreut, sprang auf und stapfte über den Tisch in Richtung Eingang, ungeachtet irgendwelcher Schüsseln und Trinkgefäße, die er dabei umwarf oder umher trat. Mit einem letzten Satz hinunter landete er genau vor seinem Geschäftspartner, der noch immer regungslos den Strick hielt. Ragnar grinste breit, dann packte er den Strick und zog einmal kräftig daran, dass seine Beute mit einem plötzlichen Satz auf ihn zu stürzen musste.

„Hallo, meine Süße, willkommen in meinem bescheidenen Heim", wieder lachte er, offenbar nicht mehr ganz nüchtern. Ein Räuspern ließ ihn seinen Blick von der verschmutzten und erschöpft aussehenden Schönheit wegreißen und sich an den ihm gegenüberstehenden Mann mit der aufgehaltenen Hand wenden. Er zog verdutzt die Augenbrauen hoch.

„Das Silber!"

„Wie denn, haben wir es so eilig? Willst du nicht noch etwas mit uns feiern?", bot Ragnar ihm an. „Das hier ist der erste Schritt in Richtung Freiheit, mein Lieber. Das hier war einmal Teil deiner Heimat. Wir waren Teil deines Lebens. Wie oft hast du uns nicht Holzarbeiten oder anderes Gerät von drüben gebracht? Hol deine Freunde und amüsiere dich mit uns! Es gibt Met und Fleisch und…"

„Das Silber!", beharrte der andere mit ernstem Blick.

„In Ordnung, ich sehe, du willst mit uns nichts zu tun haben. Nun ja, wie dem auch sei. Dann sollst du es haben, dein Silber. Ulf, Holger!" Ragnar gab einen flüchtigen Wink nach hinten, der die beiden Angesprochenen, die bisher grölend hinten am Tisch gesessen hatten, veranlasste, sich zu erheben und in eine Ecke des Raumes zu schlendern. Dort stand eine schwere Holztruhe, die mit Eisen beschlagen und mit einem schweren Schloss verhängt war. Diese schleppten sie nach vorne und setzten sie theatralisch neben ihrem Anführer ab, der den Schlüssel bereits in der Hand hielt. Ebenso theatralisch beugte er sich mit kunstvollen Handbewegungen, jedoch ohne den Strick aus der Hand zu geben, hinab und schloss die Truhe auf. Holger und Ulf hoben den schweren Deckel ein wenig an, sodass Ragnar gerade eben in die dunkle Öffnung greifen und einen Lederbeutel herausholen konnte, prall gefüllt und jenem, mit welchem das Mädchen bezahlt worden war, nicht unähnlich. Künstlich lächelnd überreichte ihn Ragnar mit den gestelzten Worten: „So habe er Dank und lebe er wohl".

„So ziehe er von dannen und stelle er damit an, was ihm behagt!", hängte Ragnar noch hinten an und erntete dafür schallendes Gelächter von der Meute am Tisch und hinter ihm. Der Angesprochene warf einen flüchtigen Kontrollblick in den Beutel, machte ein paar Schritte rückwärts, schenkte dem Mädchen noch einen kurzen Blick und verschwand.

Wortlos die Tür hinter sich schließend, überließ er sie ihrem Schicksal. Und so saß sie da, verängstig zusammengekauert, und wurde breit von Ragnar angegrinst. „Ulf, Holger, stellt die Truhe wieder weg!", befahl er ohne die beiden anzusehen. Doch keiner der beiden rührte sich, also sah Ragnar sie drohend an, was aber nicht wahrgenommen wurde. Beinahe sabbernd starrten sie das Mädchen an.

„Ihr wollt sie haben, ja? Na dann prügelt euch doch drum, der Sieger bekommt sie für heute!" Das ließen sie sich nicht zweimal sagen, sofort traf Ulfs Faust Holger im Gesicht und streckte ihn zu Boden. Obwohl dieser sofort wieder auf den Beinen war, war das aber auch schon die Vorhersehung auf den Sieger gewesen. Ulf war nicht nur stämmiger als Holger, sondern auch schneller und rücksichtsloser. Während Holger also nach und nach von seinem Konkurrenten verdroschen wurde, schleppte Ragnar die Kiste selbst zurück. In dem

Moment wo er sie in der Ecke aufsetzte schlug auch Holger endgültig zu Boden, wo er schwer atmend und blutend abwinkte. Der Sieger kam bedrohlich auf das Mädchen zu geschritten. Seine irren Augen funkelten, etwas Blut rann ihm aus dem Mundwinkel. Seinen mächtigen Schatten wie einen Felsbrocken auf sie werfend, griff er mit seinen dreckverkrusteten, aufgeschundenen Fingern nach seinem Preis, welcher vor Angst und Entsetzen den Gestank aus Schweiß, Schmutz und Alkohol gar nicht mehr wahrnahm. Die einzige Reaktion, zu der sie noch im Stande war, war entsetzt zu schreien.

Die Schlacht

Nachdem er die Saumeute verlassen hatte, machte er sich direkt auf die Suche nach seinen Freunden und fand sie, wie er es vermutet hatte, abseits des Dorfes und der darin befindlichen Menschen, wo sie ihre Ruhe hatten. In der Nähe des Wassers hatten sie einen Lagerplatz eingerichtet und saßen gerade um ein Lagerfeuer beim Mittagessen. Großer Jubel machte sich breit, als er zu ihnen kam. Freudig sprangen sie auf und begrüßten ihn.

„Ist alles glatt gelaufen?" wurde er gefragt, was er bestätigte. Auch dass sie am nächsten Morgen gleich abfahren würden, sprach er ihnen zu, und dass der Lohn in gleichen Teilen verteilt werden würde, was beides große Begeisterung auslöste. Nun sollte er aber erst einmal etwas essen, schlug man ihm vor und führte ihn an ihren Lagerplatz, wo man ihm eine Holzschüssel randvoll mit Fleischeintopf füllte. Viel davon essen sollte er jedoch nicht, denn sogleich begannen sich die Ereignisse zu überschlagen.

Während seine Freunde lachten und feigsten, beobachtete er, wie ein kräftiger Mann das strampelnde und kreischende Mädchen zu seiner Hütte zerrte. Er wusste genau, was das bedeutete. Aber noch ehe er einen Entschluss fassen konnte, schlug der Posten auf dem Wachturm Alarm: ein Angriff! Augenblicklich stand das gesamte Dorf in heller Aufruhr.

„Da kommen Schiffe und nicht wenige!", rief einer seiner Kumpanen aufgeregt. „Was sollen wir machen?" Was *sie* tun sollten, war klar, er wusste nur nicht, was *er* tun sollte. Hin- und hergerissen entschied er sich plötzlich sehr rasch und gab ebenso schnell seine Anweisungen.

„Lauft zum Schiff und macht es klar, fahrt aber erst hinter dem

Berg hervor, wenn die da draußen von Bord gehen! Ihr fahrt dann direkt zu Hakwin in den Hafen, wo ihr auf mich warten werdet. Ich komme so schnell es geht nach."

„Und was machst du?" Unverständnis stand seinen Männern ins Gesicht geschrieben.

„Ich habe noch etwas zu erledigen. Nehmt das Silber mit und jetzt los! Beeilung!" Sie sahen ihn verdutzt an, reagierten dann aber und machten sich, so schnell sie ihre Füße tragen konnten, auf den Weg. Ebenso eilig lief er hinauf ins Dorf, wo Frauen und Kinder sich hinter die Palisaden flüchteten und Männer ihre Waffen zusammen sammelten, um sich für den Kampf zu rüsten. Ohne sich darum zu kümmern hastete er zwischen den rufenden und klagenden Menschen hindurch zu der Hütte, in welcher der Krieger mit dem Mädchen verschwunden war. Sein Herz raste. Schreckliche Bilder, die er verloren gehofft hatte, drängten sich vor sein inneres Auge und die Schmerzen, die sie mitbrachten, machten ihn rasend. Entsetzt stellte er fest, dass die Siedlung von innen anders wirkte als von außen. Welche Hütte war es nur gewesen? In Panik fand er sich tatsächlich orientierungslos, er musste seine Ruhe wieder finden!

Zur selben Zeit erreichte Ragnar den Wachmann auf dem Turm. „Was ist los?", wollte er wissen, als er in die Kanzel stieg.

„Da, Drachenboote! Sieht nicht nach einem Freundschaftsbesuch aus." Der Wachmann wies auf den Fjord hinaus.

„Verdammt, das muss Tryggvason sein. Viel früher als erwartet. Die Verstärkung ist noch nicht da. Wo bleibt Erik, verdammte Axt?!" Er stürmte wieder nach unten. „Holger, alle sollen hinter die Mauern, verstanden? Wir können keine offene Schlacht wagen, es ist Tryggvason mit mehreren Schiffen! Und hol mir Ulf und das Mädchen her!" Holger verließ die

Wehranlage um für die Ausführung von Ragnars Anweisung zu sorgen.

„Gustav, den Wehrgang mit sämtlichen Bögen und Speeren bestücken, die wir haben, treibe jeden tüchtigen Burschen auf, der kämpfen kann, Jungen wie Sklaven, aber schnell!" Auch Gustav machte sich auf den Weg und Ragnar kehrte auf den Turm zurück, um das Unheil nahen zu sehen. Es war schon verdammt nahe. Die einzelnen Männer auf den Schiffen waren bereits zu erkennen. Und am Bug des vordersten Schiffes stand eine leuchtende Gestalt mit langem, goldblondem Schopf, einem wehenden Samtumhang und einer ebenso charakterstarken wie überheblichen Miene: Olaf Tryggvason.

„Dieser verfluchte Hurensohn. Allein der Anblick macht mich rasend!", knurrte Ragnar. Der angespannte Wachmann blieb stumm. Statt etwas zu sagen, fingerte er nur an seinem Bogen herum.

„Ich hoffe du kannst gut damit umgehen, denn nur wenn wir Glück haben, reichen unsere Pfeile, und auch nur dann, wenn jeder Schuss sitzt. Verdammt, wir müssen ja noch Wasser bereitstellen!" Ragnar verschwand wieder vom Turm um die Vorbereitungen zu überwachen. Frauen tunkten Eimer in das kleine künstliche Wasserbecken, welches man von einem Bach, der dicht am Hang durch das Lager floss, aufgestaut hatte, und schleppten sie an die einzelnen langen Häuser.

In seiner Hütte war Ulf bereits voll in Fahrt gekommen. Er hatte er das noch immer gefesselte Mädchen auf sein Nachtlager geworfen und war jetzt dabei seine Kleidung hinunter zu reißen, wobei er vor Vorfreude grunzte. „Es... es ist Alarm geschlagen worden!", versuchte das Mädchen alles um ihrer Not zu entkommen.

„Ach, die können warten!", lechzte Ulf, seinen Unterrock

abstreifend. Das Mädchen kroch, so weit es ging, an die Wand zurück, verzweifelt nach einer erreichbaren Waffe Ausschau haltend, doch da war nichts! Hastig öffnete Ulf die Kordel seiner Hose und ließ sie herunter. „Und nun zu dir, Königstochter Olavsson, Tryggvasons Weib, wart's nur ab, vielleicht wirst du ja selbst viel Freude haben. Obwohl das eher unwahrscheinlich ist." Er schlug ihr mit der flachen Hand ins Gesicht, dass ihr die Tränen kamen, und packte sie plötzlich an den Handgelenken. Mühelos drückte er sie auf den Rücken nieder. Sie schrie und zappelte, doch es half nichts. Mit seinem massigen Körper saß er auf ihr und begann ihre Kleider zu zerreißen. Je mehr sie sich unter ihm wand, desto energischer und begeisterter wurde er und nutzte mit Freude jeden Grund sie zu schlagen. Als sie sich im atemlosen Heulen ihrem Schicksal ergeben wollte, flog plötzlich mit einem Knall die Tür auf und machte so Platz für jemanden, den sie nicht erwartet hätte. Mit gezogenem Schwert und hasserfülltem Blick stand der Unterhändler da.

„Was hast du hier zu suchen? Verschwinde, bevor ich dich in Stücke haue!" Der gewohnte Ton. Der Störenfried bewegte sich jedoch keinen Fuß von der Stelle. Da ließ Ulf verärgert von dem Mädchen ab und ergriff sein wuchtiges Schwert.

„Ich warne dich zum letzten Mal, hau ab!" Bellte er, nackt vor dem Eindringling stehend. Keine Reaktion. „Raus aus meinem Haus!", brüllte er zornig, doch anstatt sich zurückzuziehen bewegte sich der andere ganz langsam noch weiter in den Raum hinein und begann, sein nacktes Gegenüber niemals aus den Augen lassend, einen Bogen um ihn zu ziehen. Da wurde Ulf klar, dass er den Störenfried nicht mit Worten aus seiner Behausung heraus drohen konnte. Knurrend ging er, die Kreisbewegung aufnehmend, in Position. Die mächtigen Muskeln an seinem schmutzigen Körper spannten sich. In Blicken hatten sie sich längst gegenseitig getötet, doch die

Klingen hingen noch drohend in der Luft. Dann schoss Ulf auf seinen Gegner los. Zischend durchschnitt sein Schwert die Luft und spaltete die Sitzfläche eines Hockers. Geschickt wurde er umgangen und hatte den Feind nun im Rücken. Blitzschnell drehte er sich um und zog das Schwert auf Kopfhöhe durch die muffige Luft seiner Hütte. Auch unter diesem Schlag konnte sein Gegner sich wegducken. Dieser ergriff Ulfs Schlagarm und rammte mit der anderen Hand die kurze breite Klinge von unten in dem Brustkorb des nackten Mannes. Blut rann dem Retter über die Hand, während dem schmerzverzerrten Mann die Luft wegblieb. Ein unkontrolliertes Röcheln stieg aus den Tiefen des massigen Körpers empor, als wenn seine Seele beim Austreten irgendwo entlang schabte. Dann sackte Ulf zusammen und blieb verkrampft liegen. Grob wurde ihm das Schwert wieder aus dem Körper gezogen, was ihm noch einen letzten Klagelaut entlockte, bevor er starb.

„Komm!", rief der Unterhändler und warf dem erstarrten Mädchen einen Umhang von Ulf zu. Sie griff danach, verkrallte sich darin jedoch, anstatt aufzustehen. Ihr Gesicht schien aufgeweicht vor Tränen und sie zitterte am ganzen Körper. Da kam er noch einmal auf sie zu, durchschnitt ihr sämtliche Fesseln und ergriff ihre Hand.

„Wir müssen hier weg", sagte er „ich werde dich in Sicherheit bringen. Hier wird gleich eine Schlacht stattfinden." Sie sah ihn an.

„Lass mich nicht allein!", wisperte sie.

„Nein, bestimmt nicht. Aber du musst jetzt mit mir kommen, beeil dich." Er warf ihr den Umhang über und zerrte sie hoch. Nicht am Strick, sondern an der Hand führte er sie hinaus und lief mit ihr in Richtung des Hanges, von dem sie zuvor herunter gestiegen waren.

Die Schiffe landeten. Füße tauchten ins Wasser und arbeiteten sich an Land. Befehle wurden gebrüllt. Ragnar lief panisch umher.

„Holger, wo ist Ulf, wo ist das Mädchen?" Holger schien gerade erst zurückgekommen zu sein, er war völlig außer Atem.

„Ulf ist tot, das Mädchen ist weg!" keuchte er. Ragnar brauchte einen Moment der Fassung.

„Was?"

„Ulf liegt in seiner Hütte, er ist erschlagen worden", bestätigte Holger noch einmal. Mit einer Ahnung hastete Ragnar noch einmal die Stufen zum Turm hinauf, der nun mit mehreren Kriegern besetzt war. Sein Blick glitt über sein kleines Heer hinweg zum Strand, der sich mit anlandenden Feinden füllte, über das Wasser hin zu einem sich entfernenden Knorr. Er wurde bleich. Ohne Erik waren sie verloren und ohne das Mädchen würde Tryggvason keinen Stein auf dem anderen lassen, niemanden verschonen. Ihr Tal würde der unwirtlichste, lebloseste Ort der Welt werden. Und während der rasende Häuptling zu einem kleinen Mann schrumpfte, kam der erste Hagel aus Brandpfeilen über das Dorf geflogen. Krieger durchpflügten den äußeren Teil der Siedlung, wo sich zum Glück niemand mehr befand. Nacheinander gingen die Hütten in Flammen auf. Ragnars Welt brach um ihn herum zusammen.

„Wie konnte ich so verblendet sein?", murmelte er planlos vor sich hin. „Wie konnte ich so dämlich sein?"

„Sollen wir schießen?"

„Ja, ja, natürlich, gebt ihnen alles was ihr habt", gab er zur Antwort. Aber sein Ton war schwach und ausdruckslos. Dann kam er wieder zu sich und geriet schlagartig in Rage.

„Ja, schießt ihr denn noch nicht? Schießt, als würdet ihr den ganzen verdammten Wald verfeuern!" Der Wachmann wendete sich ins das Innere der Mauern, wo eifrige Frauen bereits hektisch zu löschen begannen:

„Feuer frei, schickt sie zu ihrem gekreuzigten Gott!" Unverzüglich ging man daran, möglichst viele der ungeschützten Feinde zu erwischen, die sich hinter Häuser verkrochen oder starben. Ein weiterer Brandpfeilhagel prasselte nieder und pflückte auch ein paar der Verteidiger selbst vom Wall. Zum Glück brannten die moosbewachsenen Dächer schlecht. Die Wände der Hütten innerhalb der Palisaden waren meist aus massivem Holz, nicht aus Geflecht, was den Brandpfeilen ebenfalls gut widerstand. Eifrig gossen Frauen und Kinder ihre Eimer auf die Brandstellen. Holger kam zu Ragnar herauf gerannt.

„Ich sehe keine Leitern oder ähnliches, sie werden uns nicht stürmen können", versuchte er seinen Häuptling zu beruhigen.

„Aber Tryggvason hat genug Männer um uns hier geduldig auszuhungern", wandte Ragnar gegen den Gedanken ein. Holger zischte. „Erik ist nicht da, damit ist der ganze Plan zerschlagen. Wir haben Tryggvason toll hierher bekommen, aber anstatt ihn zu stürzen, wird er in seiner Macht bestärkt." Holger hatte Ragnar noch nie so verzweifelt gesehen.

„Er müsste längst hier sein, vielleicht müssen wir nur lange genug durchhalten, bis er kommt!"

Hinter Gyda und dem Unterhändler war die Schlacht im vollen Gange. Sie liefen nicht mehr, stiegen aber immer noch rasch die Steigung hinauf. Das Mädchen lief voran, die Angst trieb sie vorwärts. Als sie auf dem altbekannten Aussichtsvorsprung ankamen, blieb er stehen und sah sich um, gerade rechtzeitig, um sein Boot um die Biegung ziehen zu sehen.

„Deine Freunde?" Er nickte und lächelte. „Komm weiter, bitte!", flehte sieh ihn an und noch immer lächelnd wies er ihr mit einem Wink, dass sie vorangehen sollte... und erstarrte. Wenig über ihnen war eine Reihe von Bogenschützen aufgetaucht mit Pfeilen im Anschlag. Kurz darauf tauchten Lanzenträger und Schwertkämpfer aus dem Gebüsch und zwischen den Bäumen hervor, aus denen ein älterer Mann hervortrat.

„Vater?", stieß Gyda hervor.

„Du?!", rief dieser ebenso überrascht wie erschrocken. Es galt jedoch nicht seiner Tochter, sondern ihrem Begleiter. Schrecken war in seine Glieder gefahren. Gyda sah sich um und damit seinen Blick, ähnlich dem zuvor in der Hütte. Kannten sich die beiden? Wusste er die ganze Zeit viel besser, wer sie war, als sie es angenommen hatte? Was bedeutete dieser Hass in seinem Blick?

„Schnell, Kleines, komm da weg!", drängte der Vater. Ihre Augen huschten erst über die Schützen, die noch immer auf ihren Begleiter angelegt hatten, und dann zu dem selbigen, der etwa acht Fuß hinter ihr etwas tiefer am Hang stand.

„Komm jetzt!", befahl Olav etwas nachdrücklicher. Alles drängte sie zu ihrem Vater, doch sie wusste genau, was passieren würde, sobald sie vor den Schützen wegtrat.

„Aber, Vater..."

„Wirst du jetzt wohl herkommen?" Ihr Vater schien richtig aufgebracht zu sein, so kannte sie ihn gar nicht. Natürlich musste er sich fürchterliche Sorgen gemacht haben, aber diese Situation war widersinnig. Mit leidendem Blick sah sie noch einmal zu ihrem Begleiter, der ihn nun erwiderte und mit den Augenbrauen ein Schulterzucken imitierte. Anschließend nickte er in Richtung ihres Vaters. Sie schüttelte heftig den

Kopf. Er presste die Lippen aufeinander.

„Holt sie!", schallte es von hinten, worauf vier Hände sie an den Oberarmen packten und wegzerrten. Jegliches Sträuben war vergebens. Kaum dass die Männer sie hinter die Schützen gezerrt hatten, gab der König den Wink zu schießen.

„Da!" Holger wies nach Osten das Tal hinauf. Ragnar riss den Kopf herum und kniff die Augen zusammen. Wenn man genau hinsah, konnte man zwischen den Bäumen überall kleine Figuren hasten sehen. Geduckt liefen sie den Hang hinunter auf die freie Fläche zu.

„Das muss Erik sein, endlich!", rief Ragnar, der zu neuem Leben erwachte. Tryggvason sollte die Gefahr nicht zu früh kommen sehen, also mussten sie seine Aufmerksamkeit erregen.

„Einen Pfeilhagel auf mein Kommando!", brüllte er, „aber Brandpfeile!" Den gesamten Wall entlang und auf dem Turm wurden der Reihe nach Brandpfeile angesteckt. „Alle, die keinen Bogen haben, bewerfen die vorderen Reihen mit Steinen", fügte Holger hinzu, mehr um noch mehr Männer zum Kampf zu animieren und den Gegner abzulenken, als sich davon eine tatsächliche Wirkung zu erhoffen. Alles stand bereit und wartete auf das Zeichen. Der Jarl fackelte nicht lange. Mit einem lauten „Los!" startete er das Manöver, das seine Wirkung nicht verfehlte. Der Feind war zu sehr damit beschäftigt, auf Geschosse zu achten, um zu sehen, wie aus dem Wald immer mehr Männer tropften und zu einem Heer gerannen, welches, kaum dass der Hagel vorüber war, brüllend los lief. Viele von Tryggvasons Männern mussten sich erst aus ihrer Schutzposition aufrichten, als die neuen Gegner heran preschten, doch auch der Rest war ganz verdutzt. Krachend prallten die beiden Fronten aufeinander.

„Ja, haha ha ha, jetzt sollte der Kampf ausgeglichen sein. Alles fertig machen zum Ausrücken!" Ragnar war wieder ganz der Alte. Mit Schwung flog das Tor auf und mit ihm an der Spitze traten sie wild rufend der Schlacht bei. Die feindliche Armee wurde in die Zange genommen. Wie eine Axt in einen Holzscheit stießen Ragnars tapfere Recken in das Schlachtgetümmel hinein und stießen dabei nur auf mäßigen Widerstand des überheblichen Gegners, andere Nordmänner, die geglaubt hatten, ihre Brüder einfach so bevormunden zu können.

Als die Mannen Tryggvasons bis auf den kleinen Strand zurückgedrängt worden waren, gab es für sie keinen anderen Weg mehr als nach vorne. Mit aller Macht und unter geschickten Anweisungen gelang es ihnen sich zu einem groben Schildwall zusammenzuschließen, um so ihre Gegner Stück für Stück wieder zurück zu schieben. Doch Erick und Ragnar waren selbst erfahrene Heerführer und brachten ihre Männer ihrerseits zu je einem Schildwall, in der Hoffnung Tryggvasons Armee zusammendrängen und aufreiben zu können. Schilde krachten und wilde Beschimpfungen versuchten den Gegner einzuschüchtern und die eigene Angst zu überspielen.

Zunächst schien es so, als wären die Rebellen überlegen, könnten den Feind ins Wasser drängen und auf ihre Schiffe, auf dass sie damit verschwanden und nie wieder kehren würden. Und tatsächlich ergriffen bereits einige die Flucht. Doch dann schlug der Feind sie mit den eigenen Waffen. Vom Südhang her trat überraschend eine weitere Schar der Schlacht auf Seiten der Unterlegenen bei. Niemand hatte sie kommen sehen, niemand wusste wer diese Mannen waren, aber sie zwangen die Verteidiger kurzerhand in eine Zange. Nun galt es an zwei Fronten zu kämpfen. Ragnar und Erik sammelten je ihre Krieger um sich und ließen sie in einer großen Ellipse einen

Schildwall bilden. Tryggvason formierte seien Krieger nun ebenfalls zu einem neuen Schildwall, der den gesamten Strand ausfüllte. Und nun wurde deutlich, dass er den Verlauf der Schlacht genau geplant haben musste. Gemeinsam waren die Heere der beiden Olafs den Rebellen weit überlegen. Die unbekannte Armee rannte mit aller Kraft keilförmig in den Schildwall hinein, brach ihn und verwandelte den Kampf in ein Gemetzel. Fassungslos wurden die Verteidiger gegen die Schildreihe am Ufer getrieben und dort aufgerieben. Kaum ein Aufständischer überlebte. Damit endete der Aufstand auf blutigste Art und Weise. Nur eine kleine Gruppe konnte entkommen. Sie flüchteten in die östlichen Berge, wo sich der Feind nicht auskannte.

Frauen und Kinder ließ man am Leben, zwang sie jedoch zum christlichen Glauben überzutreten. Allerdings überprüfte niemand, wen sie in ihrem stillen Kämmerlein tatsächlich anbeteten. Olaf Tryggvason blieb König und sollte noch ganz Norwegen unter seine Herrschaft bringen und christianisieren. Und lange noch sollte man sich von seinen Heldentaten erzählen. Seine körperlichen Fähigkeiten sollten in vielen Erzählungen ins märchenhafte entgleiten. Ragnar hingegen und sein gescheiterter Aufstand wurden totgeschwiegen und vergessen. Bis heute. Wenige Jahre später sollte Tryggvason in einer gewaltigen Seeschlacht von den Wellen verschluckt werden und spurlos verschwinden. Erik Hakonarson würde von Sven Gabelbart, König von Dänemark, als Ladejarl eingesetzt werden und so das selbständige, vereinte Norwegen seinerseits unterjochen. Doch das erzählt eine andere Geschichte.

Epilog

Die Heimkehr

Olav Kvaran stand schweigsam am Bug seines Schiffes und hielt seine Tochter im Arm. Jetzt, wo die wochenlange Anspannung aus seinen Gliedern geflossen war, fühlte er wieder das Alter seines Körpers. Doch die Erleichterung und die Freude, seine Tochter wieder im Arm halten zu können, überdeckte dieses Gefühl mehr als zur Genüge.

„Vater, was hatte das alles zu bedeuten, was hatten diese Leute vor?", fragte Gyda, den Blick in den Sonnenuntergang gerichtet. Ja, er war seiner Tochter ein paar Antworten schuldig, und zwar mehr, als ihm lieb war zu zugeben.

„Ich habe gehört, dass sie sich dagegen wehren wollten, Christen werden zu müssen, stimmt das?"

„Ja, das stimmt, aber das ist auch nur die halbe Wahrheit", fing er an zu erklären. „Über den Glaubenskonflikt haben sie es geschafft, so viele Mitstreiter auf ihre Seite zu ziehen, ihre Beweggründe waren aber ganz andere."

„Welche denn?"

„Weist du, wer vor Olaf in großen Teilen Norwegens geherrscht hat?", fragte er.

„Nein."

„Nun, das waren die Jarle von LADE. Das waren im Grunde Statthalter, die vom König von Dänemark kontrolliert wurden. Der letzte Ladejarl war Hakon Sigurdson, welcher weitgehend unabhängig geherrscht hatte und sich zuletzt keiner großen Beliebtheit bei den umliegenden Bauern erfreut hatte. Also haben sie ihn umgebracht, kurz bevor Olaf in Norwegen eintraf. Weil Olaf angeblich ein Nachfahre eines früheren norwegischen Königs ist, haben sie ihn zu ihrem rechtmäßigen König ausgerufen."

„Es gibt aber auch Leute, denen das nicht recht ist?!"

„Genau. Einer von ihnen ist Erik Hakonarson, der Sohn vom Ladejarl Hakon, der eng verbrüdert war mit Ragnar, dem Mann, der dich entführt hat. Zusammen haben sie versucht Olaf durch dich in eine Falle zu locken, weil Erik nun seinerseits den Herrschaftsanspruch als Ladejarl geltend machen wollte. Was daraus wurde, hast du ja selbst miterlebt." Sie nickte gedankenversunken.

„Und der Mann, bei dem du mich gefunden hast, wer war das? Du schienst ihn gekannt zu haben. Warum hast du ihn getötet?" Das war die Frage, vor der er sich so gefürchtet hatte. Nun musste er sich ihr stellen. Er atmete einmal tief durch. Seine Tochter wusste nicht, was für ein Mann er einmal gewesen war. Möglicherweise konnten Erklärungen ihn ihr entfremden.

„Ich musste es tun", startete er einen verzweifelten Versuch. „Ich hatte gehofft, er wäre längst tot!"

„Aber warum, Vater, warum?" Sie drehte sich zu ihm um, ihr Blick verriet, dass sie ihn nicht ohne eine ausreichende Antwort davon kommen lassen würde.

„Ich hatte so eine Angst um dich, mein Engel, ich wollte nicht, dass dir etwas passiert." Er schloss sie in seine Arme und versuchte sie fest zu drücken, doch sie befreite sich aus seiner Umarmung und stach weiter nach.

„Es bestand doch gar keine Gefahr mehr, wie hätte er mir etwas tun können, bei all den Soldaten?"

„Du verstehst das nicht. Du weißt nicht, wer er ist."

„Dann sag es mir, Vater, er hat mich gerettet und du hast ihn einfach hingerichtet. Wo ist das denn christlich?" Seufzend setzte er sich nieder.

„Du hast Recht, es ist nicht christlich Menschen zu töten, wenn es nicht notwendig ist. Es ist überhaupt nicht christlich Menschen zu töten. Aber es gibt da ein paar Dinge über mich, die du nicht weißt. Ich werde dir nun eine Geschichte erzählen. Sie ist wahr und deswegen möchte ich, dass du weißt, dass ich heute ein anderer Mensch bin, ja?" Sie nickte nur.

„Also gut. Bevor ich König wurde, war ich noch kein Christ. Ich hielt noch an Odin, Freyr, Thor und all die anderen Götter und verhielt mich wie jeder andere Wikinger auch. Als ich dann König wurde, waren die Iren bereits aufständisch und ich wollte sie zähmen. Also zog ich mit meinen Kriegern durch das Land und verwüstete wahllos Dörfer. Sie sollten Angst bekommen, verstehst du?" Seine Tochter ließ sich langsam niedersinken, ohne den Blick von ihm zu wenden. Nur ein einmaliges Nicken gab das Signal zum Weitererzählen. Also fuhr er fort, geriet aber immer wieder ins Stocken.

„Dabei kamen wir irgendwann an einen Hof, an dem eine ganze Sippe lebte, mehrere Generationen stark. Meine Männer waren gierig und hungrig, also ließ ich ihnen freien Lauf. Sie stürmten umher und drangen in die Häuser ein, töteten Männer wie Frauen, sogar die Kinder schlachteten sie ab und ich ließ es zu. Nicht ein Wort habe ich gesagt, um sie davon abzuhalten. Ein paar stürmten in ein kleines, am Rande stehendes Haus, kamen aber nicht wieder heraus. Also ging ich hinein um zu sehen, was dort vor sich ging. Als ich durch die Tür trat..." Er machte eine Pause. Tränen stiegen ihm in die Augen, weil die Erinnerung ihm das Herz zum Bersten zu treiben wollen schien.

Er vermochte seiner Tochter gar nicht mehr in die Augen sehen. Klein und gebrochen kauerte er da. So lange hatte er die

Vergangenheit verdrängt, doch natürlich musste sie ihn wieder einholen. „Als ich durch die Tür trat, da hielten zwei einen jungen Mann fest, er blutete stark und wand sich in ihrem festen Griff. Die anderen... die anderen waren gerade dabei, sein Weib... sie haben, sie haben sie vor seinen Augen vergewaltigt!" Er konnte für einen Moment nicht weitersprechen, sondern begrub sein Gesicht in den Händen. Er musste wieder daran denken, was seine Tochter erlebt haben mochte. Gott stehe ihm bei. Sprachlos saß sie vor ihm und starrte ihn fassungslos an. Mit Mühe fasste er sich wieder und fuhr fort.

„Ich befahl ihnen sofort, mit all dem aufzuhören, doch es war zu spät. Sie waren so brutal vorgegangen, dass sie wenig später an den Folgen starb. Den Mann ließ ich am Leben und reihte ihn mit in den Zug von Sklaven ein, die wir genommen hatten. Er hat mich die ganze Zeit über angestarrt, mit einem Blick, der mehr sagte, als alle Worte, die er hätte benutzen können. Ich wusste, dass er nach Rache sann. Also verkaufte ich ihn nach Norwegen, in der Hoffnung ihn nie wieder sehen zu müssen." Wieder machte er eine Pause.

„Das war er?"

„Das war er. Er muss seine Freiheit wiedererlangt haben, wenn er sein eigenes Boot und eine kleine Mannschaft hatte. Verstehst du jetzt, warum ich ihn erschießen ließ? Ich hatte solche Angst vor dem, wozu er im Stande sein könnte, dass ich nicht lange darüber nachdachte. Ich wollte es ein für alle Mal beenden!" Sie sagte nichts und auch ihm fehlten nun endgültig die Worte. Er wusste, dass seine Tochter für all das kein Verständnis aufbringen konnte, aber vielleicht würde sie ihm eines Tages verzeihen.

Anhang

Die wichtigsten Orte und Figuren

Die Haupthandlung der Erzählung entspringt bloßer Fantasie. Dennoch stammen einige Rahmenbedingungen, wie bedeutende Figuren, aus den nordischen Sagas und der Geschichtsschreibung. Die Schreibweise von Namen ist aus den verschiedenen Möglichkeiten willkürlich gewählt, so wie es die Namensgebung der erfundenen Figuren generell ist.

Historische Orte

Dyflin	Dublin, Irland
Haithabu	untergegangene Handelsstadt bei Schleswig, Deutschland
Huglaestath	Hollingstedt, Deutschland; Umschlaghafen für den Landweg nach Haithabu
Kaupang/Skiringssal	untergegangene Handelsstadt in Vestfold, Norwegen
Lade	Gegend im heutigen Trondheim, Norwegen
Lundene	London, England

Historische Figuren

König Æthelred	Ein unglückseliger König Englands
Erik Hakonarson	Sohn Hakons und Feind Tryggvasons
Gyda	Tochter Olavs und Ehefrau Tryggvasons
Hakon Sigurdsson	Ein Ladejarl in Norwegen
Harald Gormson	Ester christlicher König Dänemarks; Namensgeber des Bluetooth-Standards
Olav Sigtryggson	Herrscher über Dyflin in Irland, auch Olav Kvaran genannt; zur Handlungszeit eigentlich schon tot
Olaf Tryggvason	Erster unabhängiger König ganz Norwegens; zur besseren Übersicht mit „f" geschrieben.
Olof Eriksson	Ein schwedischer König, Skötkonung (Steuerkönig) genannt
Sven Haraldsson	Ein mächtiger dänischer König; besser bekannt als „Sven Gabelbart"
Tormod Karg	Laut Sagas ein Sklave Hakons

Erfundene Figuren

Aeringi	Ein junger Dichter aus gutem Hause
Blida	Ehefrau von Hakwin
Pater Dietbald	Ein englischer Priester
Gustav	Ein Gefolgsmann Ragnars
Hakwin	Ein Freund des Unterhändlers
Holger	Ein Hauptmann Ragnars
Krister	Ein Knecht Olav Sigtryggsons
Ragnar	Ein Jarl aus Norwegen und Verbündeter Erik Hakonarsons
Reinhard	Ein Aldermann aus England
Rolf	Ein Gefolgsmann Erik Hakonarsons
Sven	Ein Waisenjunge in Ragnars Reihen
Thorbjörn	Ein Gefolgsmann Ragnars
Ulf	Ein Gefolgsmann Ragnars
Der Unterhändler	Ein freigelassener Sklave der Norweger